「あのマリちゃん。

いまどんなことを考えてるかなっと思って」

「ケンちゃんと同じことじゃないかしら」

「ええ?」


(TBSドラマ『時間ですよ』シーズン2より

装画・本文イラスト：佐久間真人
装　幀：泉沢光雄

渡る世間に
殺人鬼

山内《やまうち》がむくれている。

「どうして私を殺したんですか」

「そんな……。高田《たかだ》みづえみたいに言わないでくれよ」

僕は抗議する。因《ちな》みに〝高田みづえみたい〟とゆうのは彼女の数多いヒット曲の中の『どうして私を愛したのですか』を想定している。

「高田みづえにフランク・ミルズの曲があったでしょ」

マスターが、またいつもの脱線だ。

「『潮騒のメロディー』ですね」

山内が応える。

フランク・ミルズはカナダのピアニストで自作のピアノ曲『愛のオルゴール』が全米ヒットチャートの三位を記録している。その曲に日本語の詞をつけた『潮騒のメロディー』を高田みづえが歌っているのだ。当時は、よくラジオからオリジナルのピアノ曲が流れていたっけ。

「リチャード・クレイダーマンって架空の人物だったたって知ってる？」

マスターの脱線は留まるところを知らない。一応、話の流れに沿った脱線とは辛うじて言えるか。リチャード・クレイダーマンもピアニストだから。

「架空の人物って、どうゆう事ですか？」

山内が訊《き》く。

山内は背の高い男で痩せてはいるけれどその筋肉は強靭《きょうじん》そうだ。顔の輪郭は長方形で男っぽくはあるけど理屈っぽい性格のせいか陰気くささを発散している。言葉も丁寧なのだけど誰彼かまわず議論をふっかける悪癖を持っている。議論好きのせいかどこか学者然とした風貌にも思える。口髭《くちひげ》と臙脂《えんじ》色の眼鏡をトレードマークにしたいようだけど誰もそれを話題にしたことはない。

「リチャード・クレイダーマンってリチャード・クレイダーマンってゆう名前とデビュー曲が予《あらかじ》め決まっていてオーディションで選ばれた人がリチャード・クレイダーマンになったんだよ」

マスターが答える。

マスターは小太り……それも堅太りではなくて締まりのない皮膚の持ち主だ。目は細くて垂れている。

　実は山内と僕とマスターはこの店では〝ヤクドシトリオ〟とゆうあまりありがたくもないユニット名で呼ばれている。別に本当にユニットを組んでいるわけではない。いつも三人でくだらない昔話に興じているから、いつの間にか〝トリオ〟と認識されるようになって、その時に三人がたまたま厄年だったから〝ヤクドシトリオ〟と呼ばれるようになったのだ。偶然ではあるけれどマスターの名前が島《しま》で僕の名前が工藤《くどう》だから、山内、工藤、島の頭の文字を繋《つな》げてもヤクドシトリオとなる。

「え、じゃあリチャード・クレイダーマンの本名は違うんですか？」

「違うんだよ。彼はオーディションに受かってリチャード・クレイダーマンを名乗って、生涯、クレイダーマンを演じ続けているんだよ」

「興味深い話ですねえ」

〝架空の人物〟とゆうより単なる芸名といえるが。

「山ちゃんも殺人事件の被害者を演じ続けていたわけですからな」

「演じたつもりはありませんよ。勝手に小説に書かれただけで」

「山ちゃんは知らなかったのかい？　自分が小説に書かれていたって」

「知りませんよ。お互いに刑務所では別の部屋だったんですから」

　僕たち……僕と山内の二人は二年前に大掛かりな宝石の窃盗事件を起こして逮捕された。そして二年間、刑務所に服役していた。時間だけは充分にある刑務所の中で僕は小説を書いた。自分たちが通っていた〈森へ抜ける道〉とゆうバーを舞台にしたミステリ小説だ。タイトルは『九つの殺人メルヘン』。九編の短編から成る連作短編集だ。

この小説は事実を元にして書かれている。桜川東子《さくらがわはるこ》さんとゆう見目麗《みめうるわ》しい女性が未解決事件の謎を解いてきた事実を元に……。

そう。この店には僕と山内のほかにもう一人、常連客がいる。野卑な店の雰囲気とは相《あい》容《い》れないと思われる深窓の令嬢、桜川東子さんだ。

いちばん奥の席に坐《すわ》っているクリーム色の簡素なワンピースに身を包んでいるお嬢さん……。

とにかく美人だ。桜川東子さんを初めて見たときにはまずそう思った。背は平均より少し高めだろうか。愁いを含んだまなざしは人を魅《ひ》きつける力を秘めている。玉を転がすような綺麗《きれい》な声をしているけれど話しかたは穏やかで奥床《おくゆか》しい。この店で初めて出会ったのは東子さんが聖シルビア女学園とゆう大学の二年生……二十歳《はたち》の時だったはずだけれど、そのとき十七、八歳に見えたことを覚えている。

その桜川東子さんが謎を解く。僕と山内とマスターが未解決殺人事件の話をしていると脇で聞いていた東子さんが話を聞いただけで事件の真相を指摘してしまうのだ。結果的に今まで東子さんが指摘した真相はすべて正解で犯人は逮捕されている。

それらの顚末《てんまつ》を僕は小説に書いたのだ。

登場人物は〈森へ抜ける道〉に関わる実在の人物がほとんど。名前も、そのまま使わせてもらっている。出版できる当てもなかったので実名でもかまわないと思ったからだ。ところが、ひょんな事から出版する運びとなって実名のまま出版されてしまった。

「知らない間に殺されるとは災難だな」

「まったく」

「まあ、そう言わずに。あくまで小説だから」

「獄中で書いたものが出版された例としては永山則夫《ながやまのりお》の『無知の涙』が有名だけど『無知の涙』は小説じゃなくて手記だったか」

マスターの言葉に山内は「小説も書いてますよ」と応えた。

「え、そうなの？」

「永山則夫は『木橋《きはし》』という小説で第十九回新日本文学賞を受賞しています」

山内は俳句手帳を見ながら答える。いったい俳句手帳にメモする項目はどうやって選んでいるんだろう。因みに永山則夫は一九六八年に連続ピストル射殺事件を起こした犯人だ。

「獄中でも小説が書けるんだ」

「書けますよ。ホリエモンだって書いてるし」

刑務所内で本も読めるしノートも書ける。そのノートを面会に来た人に渡す、あるいは郵送すれば原稿を外部に送ることができる。もっとも刑務官によっては〝ノートを面会人に渡してはいけない〃とゆう厳しい人もいるらしい。

「都合、何冊になった？　工藤ちゃんの小説」

「七冊かな」

逮捕される直前、僕は、この店で「服役中に小説でも書こうかな」とゆう話をしている。そのつもりがあったからだ。そして宣言通り、僕は服役中に小説を書きまくった。その結果『九つの殺人メルヘン』以外にも六冊分の連作短編小説集を書きあげた。

自分がこの店で見聞きした事件以外にも面会に来たマスターから聞いたその後の東子さんの活躍を元に書くことにした。その作品、通算二作目が『浦島太郎の真相』。

三作目が『今宵、バーで謎解きを』。

四作目が『笑う忠臣蔵』。

五作目が『オペラ座の美女』。

六作目が『ベルサイユの秘密』。

そして七作目の『銀幕のメッセージ』で僕は山内を殺した。

「山内を殺したのは願望が出て？」

「なんで、そうストレートに訊くんだよ」

「ごめんごめん。直球勝負な男だもんで。男どアホウ幸楽園《こうらくえん》」

相変わらずマスターの意味不明のボケは健在だったか。

「まあまあ。久しぶりの再会なんでしょ？　揉《も》め事はナシにしましょうよ。ここは乾杯といかない？」

若い、目のクリクリとした女性が言った。小柄で栗色の髪の毛はボブカットとゆうのだろうか、前髪を短く切って、おでこで一直線に揃えている。天使の輪が綺麗に光っている。

「君が、いるかちゃんか」

「そうよ。よろしくね」

その女性——阪東《ばんどう》いるか——は両膝をピョコンと折った。〈森へ抜ける道〉に開けっぴろげな性格のバイトの女の子が入ったことは面会に来たマスターから聞いて知っていたけど会うのは今日が初めてだ。

「あたしのことも書いてくれてありがとう」

「実名を出してしまって、ごめん」

「どうせ売れてないから、かまわないわ」

聞いていた以上に開けっぴろげな性格のようだ。

「山ちゃんみたいに殺されてないし」

初対面の客にもタメ口を利くことは聞いていた。

「僕は犯人にされてしまいましたが」

山内の隣に坐るイケメンの青年が言った。背格好は山内とよく似ているが顔の造りがまるで違う。バタくさくて、ある種のオーラさえ感じさせる。

「君が……」

「千木良《ちぎら》です」

千木良青年に会うのも初めてだ。面会に来たマスターから話は聞いている。その点、マスターには、とても感謝している。

千木良青年は隣町の映画館に勤める映写技師で本人はミステリ映画、サスペンス映画が大好きらしい。そればかりか世間で起こった実際の事件の犯人を推測するのが趣味でその的中率は百パーセントだと豪語している。この店に来て東子さんと出会ってからは分が悪くなったらしいけど……。

「悪かったね。犯人にしてしまって」

僕は素直に謝った。

「光栄ですよ。僕はミステリ映画、サスペンス映画も大好きなので犯人役にしていただいて楽しい思いをしました」

「いえね、こいつはイケメンと見れば理由もナシに敵対視する性格でして」

それは自分だろ。こうゆう点には感謝していない。むしろ迷惑している。

「その性格が、もろに出てしまったのが今回の山内殺しとゆうわけで」

「ただ、その話以外は実際の事件の話が多かったようですな」

千木良青年よりも一つ奥のスツールに坐る中年の男性が言った。一瞬〝不気味な男だ〟と失礼な感想を抱いてしまった。足が床についていないところを見ると小柄なのだろうけど頭がやけに大きいのだ。そのアンバランスさが見る者を不安にさせるのか……。年齢は五十歳ぐらい。頭髪は薄く、その少ない髪を精一杯伸ばしてオールバックにしているけれど、その分、額がかなり広くなっている。

「あなたは……」

「植田《うえだ》です」

やっぱり。警視庁の刑事。マスター情報に依《よ》れば。

「初めまして」

僕は第一印象を頭の中から瞬時に追い払って如才《じょさい》なく挨拶をした。

「なんだか初めて会った気がしませんな」

「小説を読んでくれたんですか？」

「もちろんです。興味深く読みましたよ。『九つの殺人メルヘン』から『銀幕のメッセージ』まですべて」

「ありがとうございます」

僕は深々と頭を下げた。

「犯人や被害者は仮名で書かれていましたから、その点も安心でした」

「植田さんの名前は下の名前だけ仮名です」

マスターが勝手に言う。下の名前は書いていたっけ？

「渡辺《わたなべ》刑事は？」

マスター情報に依れば植田刑事は渡辺みさととゆう女性刑事と連れだってこの店に来ていたはずだ。

「このところ来ていませんで」

「やはり若い女性刑事をプライベートな飲み屋の場に連れてくるのはパワハラおよびセクハラだと訴えられましたか」

マスターが不躾《ぶしつけ》すぎる言葉を発する。植田刑事が噎《む》せているところを見ると図星だったのかもしれない。少なくとも植田刑事と渡辺みさと刑事の間で、あるいは職場で似たような遣《や》り取りはあったのかと推測。

「その節は、お世話になりました」

今まで、あまり会話に加わっていなかった山内が忘れられては困るとばかりに奥のスツールに坐る東子さんに声をかける。何もしないと影の薄い山内の涙ぐましい努力は買う。

東子さんは相変わらず奥床しい所作で軽く頭を下げる。

「二人とも罪を犯したけど、きちんと償って出てきたんだから立派な社会人よ。今日は出所祝いといきましょうか」

いるかちゃんの肝の据わり方は凄《すご》い。たしか、まだ二十三歳だったはずだが〝出所祝い〟とゆう言葉が自然に出るのには驚く。しかも昼間は、ただのＯＬさんのはずだ。玄人《くろうと》じゃないのに。

「その罪は殺人でも暴力でもないしね。さらに盗んだお金は貧しい人々に寄付したわけだし。よ！　鼠《ねずみ》小僧」

どう反応していいのか判《わか》らない。

「貧しい人々に寄付？」

まずい。いるかちゃんの言葉に植田刑事が反応してしまった。

「あ、言ったらまずかった？」

「まずいですよ。単なる噂を本気にする人もいますからね」

山内が修正しにかかる。

僕たちが宝石の窃盗によって得た収入の使い道は警察も把握していない。言えば寄付先に迷惑がかかると思ったからだ。匿名での寄付なので寄付された方も誰が寄付したのかを知らない。僕たちは〝盗んだ宝石はバッグごと電車の中に置き忘れた〟とゆう事にして乗りきった。

「単なる噂ですか」

「まあまあ」

いるかちゃんが割って入る。

「済んだ話よ。それより乾杯といきましょうよ」

いるかちゃんが場を丸く収めにかかる。マスターから聞いていた通り銀座《ぎんざ》で勤めてもナンバーワンを張れるどころかママにまでなれる逸材だろう。

「今日のお酒はジンよ」

どうやら勝手に客の飲むものを決めてしまうとゆう話は本当だったようだ。それとも僕と山内を酒にあまり詳しくない客、あるいは注文を自分でスパッと決められない優柔不断な客と見て取って店側からお勧めのつもりで提供してくれているのだろうか。いずれにしろ物怖《ものお》じしない度胸は羨ましい。

「お望みのカクテルがあれば作るわよ」

普通のＯＬと聞いていたけどバーテンダーとしての腕も日々磨いているようだ。

「と言ってもオリーブを切らしてるからマティーニはできないし、といってギムレットには早すぎるし」

マティーニのレシピはドライジンにドライ・ベルモットを入れてステアしてカクテルピンに刺したオリーブを沈めるとゆうのが基本だったはずだ。三角のカクテルグラスにオリーブが沈んだ様子が目に浮かぶ。〝カクテルの帝王〟と呼ばれるように、すべてのカクテルの代表と言っても過言ではない。

ジンは元々、杜松《ねず》の実などのエキスを抽出した解熱《げねつ》、利尿に効く薬としてオランダの医学者が開発し売りだされた。それが薬とは思えない味の良さでオランダで評判になりイギリスに渡り癖の少ないドライジンが生まれた。さらにそれがアメリカに渡りカクテルの材料として人気が出た。

ベルモットは白ワインを主体として香草やスパイスを配合して作られるフレーバードワインだ。イタリア発祥のスイート・ベルモットとフランス発祥のドライ・ベルモットがある。

ギムレットはドライジンとライムジュースをシェイクするんじゃなかったっけ。レイモンド・チャンドラーの『長いお別れ』とゆう小説の一節に〝ギムレットには早すぎる〟というセリフがあるけど、いるかちゃんも読んだのだろうか。

「マティーニとギムレット以外でジンベースのカクテルとゆうと……」

いるかちゃんが答えを促すような目で僕を見る。

「僕はジントニックしか知らないなあ」

一つ絞りだしたことで、いるかちゃん試験になんとか合格か。

「それも名前だけだろ」

マスターがぶち壊す。こんなに失礼なオーナーがいるだろうか。当たってるけど。

「私は飲んだ事ありますね」

山内が差を見せつけようとする。

「だけどレシピも知らないし味も忘れた？」

客を貶《おとし》めることに情熱を燃やすマスター。山内が何も反応しないところを見ると、これも当たっているようだ。

「ジントニックはドライジンをトニックウォーターで割ってカットライムをグラスに差すだけよ」

「あ、それだけなんだ」

マスターも知らなかったのか。因みにトニックウォーターというのは炭酸水に香草や柑橘類の果皮のエキス等および糖分を加えて調整した清涼飲料水だ。

「他にもジンベースのカクテルはいっぱいあるわよ。ドライジンにレモンジュースやソーダを混ぜたジンフィズとか」

「迷いますね」

「だったら、まずはストレートで飲んでみたら？」

「え、ジンってストレートで飲めるんですか？」

マスターが噴きだす。

「飲めるわけないでしょ〜」

「おいしいわよ」

「え、あれを飲んだの？」

マスターがギョッとしたような顔をしている。地顔かもしれない。

「最近はジンをストレートで飲むのが流行《はや》ってるって聞いたわ」

「嘘だァ」

「ホントよ。それにスピリッツは何だってストレートで飲めるわよ」

客には如才ない受け答えをするいるかちゃんだけどマスターには厳しいようだ。

「スピリッツって？」

マスターは、もう少し酒について勉強した方がいい。

「スピリッツというのは蒸留酒のことよ」

初めてこの店に来たときマスターから聞いたような気がする。マスターは忘れてしまったのか。認知症の初期症状かどうか医者に診てもらった方がいいかもしれない。

「蒸留酒というのは？」

もはや思いだす気もゼロなのだろう。気力も衰えてきているようだ。すでに酔いが回っているのか。

「原料を発酵させて造った酒を醸造酒とゆうの」

いるかちゃんが説明を始める。どっちがマスターか判りゃしない。

米を発酵させて造った醸造酒が日本酒。麦を発酵させて造った醸造酒がビール。ブドウを発酵させて造った醸造酒がワインだ。アルコール度数は四度から十五度ぐらいが多いだろうか。もっと強い度数の酒を飲みたいとゆう発想から造られたのが蒸留酒だ。醸造酒を蒸発させてもう一度、液体に戻す。するとアルコール度数が飛躍的に高くなる。日本酒を蒸留すると米焼酎になる。ビールを蒸留するとウィスキイ。ワインを蒸留するとブランデー。大まかに言えばこんなところだろう。アルコール度数は二十五度から四十度以上と高くなる。

以上の事柄を、いるかちゃんは淀《よど》みなく教えてくれた。相当、勉強しているのだろう。マスターはその間、ロボットダンスの動きで摘《つま》みを作っている。

「デ・キ・マ・シ・タ。お摘みの野菜スティック。手作りディップで・ドーゾ」

摘みを作り、それを客に出すロボットダンスの動作は見事なものだ。最近は酒の勉強よりも別の方面にエネルギーを使っているようだ。

「でもありがたいよ。僕らがいない間も、この店が続いていていて」

僕が感慨を込めて言うと山内も「そうですね」と賛同した。

「おまけに、いるかちゃんとゆう飛びっきりのピチピチギャルまで増えてるしね」

セクハラっぽい言葉だけど本人が言っているからセーフ。

「常連さんも増えたし」

植田刑事に千木良青年。

「まだ常連と認めたわけではありませんぞ」

客商売なんだから認めた方がいい。

「工藤ちゃんと山ちゃんは」

僕らの方か。

「古い常連さんも相変わらず常連さんでいてくれてるし」

奥の定席に坐る東子さん。

「♪　常連の席　毎度あり～」

石川《いしかわ》さゆり『天城越え』の替え歌だろう。

「やっぱり、この店は落ちつきますね」

ある意味、不思議な感覚。

「そうだな。店の中でケータイを鳴らす無粋な客もいないし」

スマホの着信音が鳴った。植田刑事がポケットを探っている。植田刑事のスマホだったか。

「お客様。上演中はケータイ、スマホなど音の出る機器の電源はお切りください」

ある意味、この店で行われる会話も劇のようなものか。

――はい。植田です。

植田刑事はスマホを耳に当てながら入口に向かう。

——渡辺君か。どうした？

電話の相手は植田刑事の同僚、渡辺みさと刑事のようだ。

——え？　殺人鬼が逃走した？

植田刑事の言葉を聞いた途端に、みなが浮き足立った。
それは恐怖心よりも好奇心からだろう。そのことも、この店が特殊な空間であることを物語っている。さらに、いるかちゃんは戸を開けて店の外に出ようとする植田刑事の腕を素早くカウンターから出て摑《つか》んだ。店の中で電話していいとゆう事だろう。みなも同じ気持ちだと思う。東子さんでさえ。
「♪　タレの向こうに　あなた……肉が燃える〜」
マスターはまだ『天城越え』の替え歌を歌っている。

——飛行機の中で殺人鬼が消えた？

いつも表情を変えない山内の眉が大きく蠢《うごめ》いた。無理もない。これは我々ヤクドシトリオが最も好むタイプの話題だ。すなわち殺人が絡んだ事件。植田刑事の最初の一言が「え？　殺人鬼が逃走した？」とゆうものだったことから殺人事件が絡んでいることは確かだろう。しかも殺人鬼だから並の犯人じゃない。加えて〝飛行機の中で消えた〟となれば並の謎でもない。

「♪　あなたと呑みたい　宮城峡〜」

マスターは、まったく興味をそそられずに自分の世界に浸っている。二年前はこんなに乱れてはいなかったはずだが……。

——判った。ちょうど今、例の場所にいるから……。

植田刑事は小声で何か言うと通話を切った。

「なにやら物騒なお話でしたが」

千木良青年が水を向けた。どうやら、この青年もマスターの報告通り事件には目がないらしい。

「いえ。何でもありません」

植田刑事は答えをはぐらかすように、そそくさとスツールに坐った。足が床についていないのが悲しい。

「何でもない事はないでしょ～」

いるかちゃんが追い討ちをかけるように言う。この店に集う人間は誰も彼も事件に目がないようだ。

「いま世間を騒がしている殺人鬼の話だと推測しますが？」

山内の言葉に植田刑事の顔が心なしか蒼《あお》ざめる。当たっているのだろう。

「もしかして山崎《やまざき》？」

いるかちゃんの言葉に植田刑事の顔がさらに蒼ざめる。

「やっぱ、そうなんだ」

「ち、違います」

「その慌てぶりから見ると本当のようね」

いるかちゃんの洞察力が上。

「たしかに今、世間を騒がしている殺人鬼なる者がいるようですが、その者の名前に関しては、まだ報道されてないはずですが」

「一社だけ〝山崎〟って実名報道があったわよ」

「いつです？」

「今日よ」

いるかちゃんの週刊誌リサーチ力もマスター並になってきたのか。

「嘘だろ」

マスターより上だったか。

「今日ですか。まだチェックしていませんでした。何とゆう雑誌ですか？」

いるかちゃんが教える雑誌名を植田刑事はメモしている。

「報道規制を敷いていたんですがね」

植田刑事が内情をポロッと吐いた。よほど実名報道が悔しかったのだろう。

「その週刊誌はマイナーすぎてノーマークでした」

なら仕方ないか。

「報道規制を敷いたとゆうことは、やっぱり、その山崎という人が犯人なんですか？」

千木良青年が訊く。

「犯人と決まったわけではないから報道を控えてくれとゆうことです」

「なるほど。判りました。ありがとうございます」

千木良青年の如才なさ。今は探偵だけど元刑事の僕としても植田刑事の立場は、よく判る。

警察が犯人だと目星をつけている山崎という男は容疑者とゆうだけだ。逮捕されたわけでも起訴されたわけでもない。

事件が起きて警察が捜査に乗りだし犯人と思《おぼ》しい疑わしい人物が浮かべば、その人物は容疑者と呼ばれる。

容疑者が逮捕されるなどして容疑がさらに強くなった段階で被疑者と呼ばれる。

検察が裁判にかけることを決定すれば被告人となる。ただし裁判で罪が確定するまでは逮捕されていようが犯人とは言えない。裁判で無罪になるかもしれないからだ。あるいは裁判にかける前に嫌疑不十分で不起訴になることも多くある。なので警察は少なくとも逮捕するまでは容疑者の実名を公表することを控えるのが普通だし現在はマスコミも罪が確定するまでは実名報道を控えるのが通例だ。

本来、罪が確定していない段階での実名報道は個人情報保護の観点からも控えるべきだろう。

ところが……。

スクープを狙うマスコミがまだ犯人だと確定しない段階で容疑者を実名報道する場合が多いのだ。

以前は罪が確定する前から実名報道が普通にされていたばかりか呼び捨てにされていた。それが改まったのはロス疑惑の一件からだ。

一九八〇年代初頭に世間を騒がせたロス疑惑。妻を殺害した容疑で逮捕された男性が逮捕前からテレビ、週刊誌で実名を晒《さら》され呼び捨てにされ、さらにプライバシーを暴かれ続けた一件。男性は長い裁判の末に無罪を勝ち取った。その後、マスコミを訴え勝訴している。

以降、マスコミは実名に〝容疑者〟をつけて呼ぶようになる。

今回の連続殺人事件は事件の性質上、警察がマスコミに対して箝口令《かんこうれい》を敷いたようだけど小さな出版社が出す週刊誌がその箝口令から漏れてしまったようだ。それを目敏《めざと》く、いるかちゃんが発見していたのか。

「あの週刊誌報道、勇み足だったのね」

「そうゆう事です」

植田刑事は山崎を犯人だと認めたくないようだ。

「まあ堅いこと言わずに。どうせそいつが犯人に決まってんでしょ」

こうゆう事を言う人がいるから問題が解決しない。

「どーせ飲み屋での話だし」

それは言えるか。

「たとえ酒の席の話でも警察官である私が解決していない事件の話をするわけにはいきません」

刑事はさすがに、ものの道理を弁《わきま》えている。

「殺人鬼と仰《おつしや》いますと？」

奥の席から凜《りん》とした、それでいて、たおやかな声がした。

「東子お嬢様のご質問です」

マスターが皇族の発言のように恭《うやうや》しく宣言する。植田刑事が居住まいを正す。

「お答えいたします」

「ちょっと、ちょっと〜」

マスターがザ・たっちのように言う。一人だけど。前にもマスターは、たっちネタをやっていて僕はそれを小説に書いたように思う。書いた覚えがあるけど、うろ覚えだ。後で自分が書いた小説を読み直して確認してみよう。

「刑事さんが捜査上の秘密を民間人に話していいんですか？」

「いいんです」

いるかちゃんが植田刑事の代わりに答える。それも川平慈英《かびらじえい》の口調で。マスターの報告通りノリのいい、いるかちゃん。それにしても植田刑事の矜持《きようじ》は……。相手が東子さんなら仕方ないか。東子さんに逆らえる人はこの世にいないと推測。

「もちろん、すでに公表されている情報だけをお話しします」

植田刑事が慌てて、いるかちゃんの冗談を訂正する。

「もしくは、ここで話しても捜査上、問題ないと思われる情報を」

マスターが植田刑事の内心を実況中継する。植田刑事は、こめかみの辺りを流れる汗を拭《ぬぐ》うだけで、あえて訂正はしない。マスターの言葉が正しいからか冗談を訂正する事もないと判断したのか。もしくは聞こえなかったのか。

「最初は、あたしから話すわね」

「え？」

「い、い、いるかちゃんは秘密警察だったのかあああああ！！！！！」

「週刊誌に書いてあったことを話すのよ。その方が植田さんも手間が省けるでしょ」

行き渡った気遣いを見せる、いるかちゃん。

「お願いします」

植田刑事が少しホッとしたように言った。

「そもそも今、世間で話題になってる連続殺人事件のことを東子は知らないでしょう？」

「寡聞にして存じあげません」

「ホントに寡聞ですな」

マスターに言われたくないだろう。

「〝寡聞にして云々〟って言い方、謙《へりくだ》っているようでいて、どこか上から目線に感じない？」

とりあえず今は関係ない。みんなも関係ないと思っているから誰もマスターの言葉に反応しない。

「〝でんでん〟じゃなくて〝うんぬん〟です」

山内が反応したか。

「説明するわね」

殺人鬼の説明を続けるいるかちゃん。東子さんが深窓の令嬢で俗世間の話題にほとんどついてゆけないことは千木良青年も植田刑事も知っているようだ。

「世間で話題になってる連続殺人事件の犯人は殺人鬼と呼ばれているの」

「それが説明かい！」

ちょっと思った。マスターに言われたくはないだろうけど。

「説明はこれからよ」

負けない、いるかちゃん。

「殺人鬼の山崎は」

「個人名は控えてください」

「まあまあ。山崎は仮名とゆう事にしましょう」

マスターの苦しい提案。

「了解」

いるかちゃんまでマスターの仮名案に乗る。マスターの意見が通るのは非常に珍しいことだ。もしかしたら開店以来、初めてかもしれない。

「それとも仮名はザキヤマにする？」

余計にややこしくなる。

「山崎は少なくとも二十三人の人間を殺していると目されているの」

〝山崎呼び〟を定着させるいるかちゃん。

「そんなに……」

東子さんまでが〝山崎呼び〟を受け入れている。あくまで〝仮名〟だから問題ないか。それにしても何事にも驚いたことのない東子さんが殺害人数に少し驚いている。〝少し〟とゆうところがミソだが。

「とてつもない数ですよね」

千木良青年の常識的な反応に一同、頷《うなず》く。

「だから殺人鬼と呼ばれているのよね」

「ところが」

植田刑事がジンを一口飲んだ。

「その二十三件の殺人が同一人物の犯行によるものかどうか判っていないのです」

「連続じゃないじゃん」

「だから〝殺人鬼〟とゆう報道は控えるべきなのです。それに一部のマスコミが話題に取りあげているけれどまだ大騒ぎとまではいっていないのです。〝連続〟かどうか判らないので」

「でもさ」

いるかちゃんがジンを配りながら言う。

「常に山崎が現場付近にいたのよね。その二十三件の殺人が起きたとき」

「だから警察は山崎をマークしているのか」

千木良青年の呟《つぶや》きに植田刑事は答えない。肯定。

「二十三件は近い場所で起きたのでしょうか？」

東子さんの核心をつく質問が始まった。

「東京で十五件起きています。愛知で七件」

「まあ」

驚きかたも、どこか浮世離れしている東子さん。

「離れた場所で起きた大量の殺人事件のすべてに山崎という男性のかたが付近にいたのですね？」

「その通りです」

あっさり認める植田刑事。

「だから極秘にマークするのは当然よね。問題は、その極秘情報がマスコミに漏れたことで」

「どうして漏れたんでしょうね」

「蛇《じゃ》の道は蛇《へび》と言いますか」

千木良青年の呟きに山内が応えた。

「なるほど。いろいろあるんでしょうね」

「と思います」

「で、どんな男なんですか？　その山崎とゆう男は」

千木良青年が訊く。いるかちゃん以外は、その週刊誌を読んでいないようだ。

「不鮮明な写真が小さく載っていただけだから顔までは判らないけど茶髪にピアスって感じだったわね」

「犯人ですな」

マスターの言葉は当然のようにスルーされる。

「逆に顔写真が載っていたことが凄いですね」

「たしかに」

「さすが三流雑誌」

まだ三流と決まったわけではないが。

「職業などは？」

千木良青年が質問を続ける。

「山崎……仮名よ」

いるかちゃんが念を押す。植田刑事も〝山崎＝仮名ルール〟を黙認するしかない感じだ。

「山崎は新宿で〈山崎探偵事務所〉とゆう探偵事務所を開いていた。合ってるわよね？」

いるかちゃんが週刊誌の記事の答え合わせをするかのようにチラリと植田刑事を見る。

植田刑事は答えない。否定しないから事実だと認定。

「探偵事務所を経営か。探偵ってゆうのは怪しいのが多いからね。身近にもそんな人がいなかったっけ？」

マスターが僕を凝視しながら言う。視線が、あからさますぎる。

「何も工藤ちゃんのことを言ってるわけじゃ」

マスターが言葉を切った。『クイズ＄ミリオネア』のみのもんたのように間を取りすぎる。

「その事務所でアルバイトとして働いていた木川理恵《きかわりえ》とゆう女性が亡くなったことが昔あったのよね」

「ありましたな」

「つまり不審な点は元々あった……。だから疑われたのよね？」

「亡くなった……。その女性のかたは殺されたのですか？」

東子さんが捜査会議に参入した。

「殺されました」

植田刑事が答える。

「犯人は捕まったのでしょうか？」

「捕まりました」

「その犯人は山崎とゆう人ではないのですよね？」

「違います」

「でしたら、その件で山崎さんを疑うのは筋違いではないでしょうか？」

「もちろんそうです」

「ただ……事務所の従業員が殺人事件に巻きこまれていることと山崎自身が殺人事件の現場に居合わせていることを考えあわせると？」

マスターがザキヤマっぽい口調で訊く。

「それで疑われるのは人権侵害ではありませんか？」

千木良青年がマスターの言葉を一蹴すると同時に鋭い視線を植田刑事に投げる。〝何も工藤ちゃんのことを言ってるわけじゃ〟に続くマスターの言葉が聞けなくなってしまった。

「その木川さんの事件と今回の事件とは切り離して考えないと。そうでないと根拠もなく怪しいと思われた人を理不尽に疑うことになりませんか？」

「いえてるわね」

「ひいては前科がある人を疑うような思想に繋がる気がします」

みんなの視線が前科のある僕と山内に注がれたような気がしたけど気にしすぎだろう。この店に集う人たちは大人の気遣いのできる人たちだ。と思ったらマスターが僕と山内をガン見していた。

「週刊誌の報道を鵜《う》呑《の》みにしてもらっては困ります。われわれ捜査陣は先入観なしに真摯《しんし》に捜査に取り組んでいます」

「失礼しました」

「ところが、ある程度の目星をつけて取り組むことが捜査に有効なこともありましてな」

捜査に全く携わったことのないマスターが言う。

「犯人と決めつけるわけじゃないけど容疑者あるいは重要参考人の一人としてマークはしていた。そうゆう事でしょ？」

「そうなります」

植田刑事が額の汗を拭きながら答える。

「ところがマークしていたはずの山崎の行方が判らなくなっちゃったのよね？」

「どうしてそれを？」

「電話の様子から察したの」

「聞いてたんですか」

「聞かせているようにも思えましたが？」

久しぶりにマスターのセリフが決まった。ように思う。

「そうゆうワケではありません」

植田刑事が冷や汗を拭う。

「しかし犯人と確定していないとはいえ重要参考人を見失うとは」

「不思議なのです」

「自分たちの失敗を〝不思議〟で片づけるのは感心しませんな」

今日はいつになくマスターの言葉に理があるような気がする。悪い物でも食べたのだろうか。

「その通りなんですが今回ばかりは本当に不思議でして」

「どう不思議なのでしょうか？」

世の中の不思議はすべて自分が解き明かせるとでも思っているのか東子さんが訊いた。

「まるで世の中の不思議はすべて自分が解き明かせると思っているかのような口振りですな」

マスターと同じ思考経路であることが悲しい。やはり類は友を呼ぶのだろうか。東子さんは反応しないので、もしかしたら本当にそう思っているのかもしれない。

「説明しましょう」

植田刑事が話を進める。

「その男……」

「山崎でいいわよ」

「しかし……」

「その方が判りやすいですね」

「判りました」

植田刑事まで東子教に入信したのか。

「あくまで仮名ですよ」

最後の念押しか。

「山崎をマークしていた捜査員が外出した山崎を尾行していたんです」

「人権蹂躙《じゅうりん》ですな。一般市民を尾行とは」

「でも尾行するのは当然かもしれないわね。その人が犯人だった場合、また違う場所で連続殺人が起きたら大変だもの」

「その通りです」

とりあえず人権蹂躙説は不問。

「何人で尾行していたの？」

「二人です」

「妥当なところね」

いるかちゃんが植田刑事の上官に思えてきた。

「で、見失ったのね？」

「尾行していたのは凄腕の刑事ですから普通なら見失うことなどまずありません。まして山崎は足を怪我したのか、やや引きずるような歩きかたをしていましたから」

「二十三人も殺したから、その過程のどこかで自分も怪我を負ったのかしらね」

「我々はその可能性もあると見ています」

「当たった」

喜ぶいるかちゃん。

「そんな犯人を警察は取り逃がしたとゆうんですか？」

あくまで追及するマスター。

「だから、まだ犯人と決まったわけじゃありませんで」

植田刑事が額の汗を拭いながら言う。

「でもその山崎って男、姿を晦《くら》ませたことが逆に怪しくない？」

「犯人であることの逆証明！」

証明とまではいかないが……。それとよく考えると〝逆証明〟という言葉の意味がよく判らない。

「たしかに怪しいですね。犯人じゃなければ姿を消す必要もないわけで」

「で、尾行していたのにどうやって取り逃がしたの？」

「それは」

植田刑事がグッといるかちゃんに顔を近づける。いるかちゃんは料理を作る振りをして、さりげなく移動して植田刑事の圧迫感のある顔から逃れる。植田刑事も顔を元の位置に戻す。

「消えてしまったんですよ」

「透明人間！」

誰も反応しない。マスター自身が透明人間となっている。

「消えたってゆうか、やっぱり取り逃がしたのよね？」

「平たく言えばそうです」

「デコボコに言ってもそーゆー事でしょ〜」

いるかちゃんが年上の男性にタメ口を利いているのは凄い。しかも相手は刑事である。並の神経なら緊張を強いられるのではないだろうか。

「マークしていた人物を取り逃がすとなるとグリコ・森永《もりなが》事件を思いだしますね」

山内が口を挟む。

「グリコ・森永事件って？」

「いるかちゃんでも知らないか」

「さすがのあたしでも知らないわね」

自分のことを〝さすがのあたし〟と規定できるところがいるかちゃんの凄いところだ。

グリコ・森永事件とは一九八四年に起きた江崎《えざき》グリコ社長誘拐事件に始まる連続企業恐喝事件のことだ。犯人グループの恐喝は森永製菓、ハウス食品など食品企業をターゲットに続いたけど一九八五年に〝かい人21面相〟を名乗る犯人が犯行終結宣言をして未解決のまま犯行は終わった。一連の事件の時効はすべて成立していて警察庁広域重要指定事件では初の未解決事件となっている。

江崎グリコ社長誘拐事件では犯人グループは現金十億円と金塊百キロとゆうとんでもない要求をしてきた。三日後、江崎社長は監禁先の倉庫から自力で脱出した。犯人グループはその後も丸大《まるだい》食品、ハウス食品などからの現金強奪を目論《もくろ》む。

それらの情報を僕は過不足なく（自己評価）いるかちゃんに説明した。

「で結局、グリコ・森永事件の犯人は現金をせしめたの？」

〝せしめた〟という言葉遣いがちょっとアレだが。

「公表されていないので判らないですね」

「裏取引があったかもしれないってこと？」

「わかりません」

あくまで口を閉ざす植田刑事。

「下《した》っ端《ぱ》じゃ判らないか」

自分は下っ端どころか部外者だが。

「たしかハウス食品との裏取引で一億円を強奪しようとしたときに取り逃がしが起きたんじゃありませんでしたっけ」

さすがに千木良青年は実際の事件を推理するのが趣味だと豪語するだけあって過去の事件にも詳しい。

「その通りです。ただ取り逃がしたのは事件担当の捜査員ではなくて、たまたま不審な車を尋問した警邏《けいら》中のパトカーが取り逃がしてしまったんです」

「尋問されて、その車は慌てて逃げたんですね？」

「その通りです。尋問したパトカーは逃げた車を追いかけてカーチェイスを繰り広げたんですが、あえなく逃げおおせられてしまいました」

「その車、犯人の車だったの？」

「判りませんが後ほど発見されたその車は盗難車でした」

「怪しいわね」

「その車から犯人に繋がる直接的な証拠品は出てこなかったんですか？」

「出てきませんでした」

「なんだ、犯人じゃないじゃん」

「ただ車内は小型掃除機で痕跡を消されていたとゆう話もあるんです」

「え、やっぱり犯人？」

「ただし車内には関西圏の警察無線が傍受できる改造無線機が残されていました」

「決定。犯人」

「痕跡を消し去ったのに無線機は残ってたの？」

「あ、犯人じゃない」

「あり得ることですね。時間がなかったとか重かったからとか」

「犯人か」

「いくつかの条件を検討すれば犯人と見ていいでしょうね」

千木良青年の言葉に植田刑事が頷く。マスターの出番がなくなる。

「車が犯人の物だったとしても乗っている人物は見つかりませんでした」

「結局、犯人は判らずじまいなのね」

「面目ない」

植田刑事が全警察を代表して謝った。

「今回も取り逃がしてるし」

「それが本当に不思議でして」

「どう不思議なのか説明してよ」

いるかちゃんが被疑者を尋問する刑事のように植田刑事に詰めよる。

「それが……」

言いよどんでいる。

「どうしたのよ」

いるかちゃんがグイッと詰めよる。

「守秘義務のことなら心配しなくていいのよ。この店は治外法権だから」

ある意味、正しい。

「この店での話しあいは〝夜の捜査会議〟って呼ばれているの」

呼んでいるのは自分だけだろう。実態はその通りだとしても。おそらく植田刑事も、そのつもりで足繁くこの店に通っているに違いない。それが事件解決に繋がると思って。事件についてなかなか話さないのは勿体《もったい》をつけているだけで、そのうち話すだろう。

「実は」

ほら。

「飛行機の中から消えてしまったのですよ」

「むかし『夜の大捜査線』って映画なかった？」

マスターが周回遅れの質問を発する。おそらく〝夜の捜査会議〟辺りの話題への反応だろう。話の流れをまったく無視して自分の脳内に忠実に会話ができることはある意味すごい。ちなみに『夜の大捜査線』はシドニー・ポワチエが黒人刑事を演じたハリウッド映画だ。一九六七年に公開された。原作はジョン・ボールの『夜の熱気の中で』。作品賞を始め、ロッド・スタイガーの主演男優賞など五つのアカデミー賞を受賞した。この作品以降、黒人主演の映画が飛躍的に増えたことでも特筆すべきだろう。

「消えたって何が？」

マスターの存在を消して話を戻す、いるかちゃん。

「旅行カバンか何か？」

「人間です」

「へ？」

山内が間抜けな声をあげる。

「人間って、まさか」

「そう。山崎です」

「何だ、パイロットかと思った」

危ないよ。

「ちょっと待って。殺人鬼の山崎が？」

「そうです」

「DeNAの山崎《やまさき》じゃなくて？」

マスターが会話に復帰している。

「山咲千里《やまざきせんり》でもなく？」

相変わらず相手にされてないが。

「どうゆうこと？」

「時系列に沿って事実だけを説明しましょう」

植田刑事はジンで喉を潤すと再び話しだした。

「本日、捜査員が山崎の自宅を張っていたことは、すでにお話ししました」

マスターがロボットダンスで見張りの刑事を演じている。その通りに見えるから凄い。

「すると朝早くに山崎が出かけたんです」

家から出て行く様子をロボットダンスで演じるマスター。

「山崎は飛行機の中から消えたって言ったわよね」

「そうです」

「山崎は飛行機に乗ったわけ？」

「そうなんです」

「どこの空港から？」

「茨城県の鹿島《かしま》空港です」

「どこ行き？」

「九州は宮崎県の延岡《のべおか》空港です」

「旅行支度をして？」

「いえ。軽装でした。荷物も小さなバッグが一つです」

「それは変ね。茨城から九州まで行くのなら」

「ですから捜査員も最初は山崎が飛行機に乗るなどとは思わなかったのです」

「捜査員は飛行機へは？」

「乗りこめませんでした」

「山崎が軽装だったから捜査員は飛行機に同乗できなかったのかしら？　尾行の対象者が電車に乗ったら尾行者も電車に乗るように尾行の対象者が飛行機に乗ったら尾行者も同じ飛行機に乗るのが筋よね。でも軽装の山崎がまさか飛行機に乗るとは思わない……予期せぬ搭乗だったから捜査員はチケットを買う時間がなくて乗れなかったとか」

「面目ありませんがその通りです」

「なるほどね。それで予めチケットを買っていた山崎だけ、まんまと飛行機に乗りこんだ」

植田刑事が頷く。

「そこでいったん、山崎は捜査員の目から離れたんですね？」

千木良青年が確認する。

「そうです。ただし目が離れたといっても山崎は飛行機には乗ったわけですから居場所は把握しています」

「はたしてそうですかな？」

マスターが口を挟む。

「そう言うとマスターの目がギラリと光った」

自分で言わなくていい。

「実は山崎は飛行機に乗っていなかった。空港に行くまでに撒《ま》かれたとか？」

いるかちゃんの言葉に頷きながらも何かを巻いている様子をロボットダンスで表現する器用なマスター。

「捜査員たちは空港に着くまで一度も山崎から目を離しませんでした」

「離したところで問題ないでしょう。空港で山崎を確認している時点では見失ってないんですから」

「なるほど。とにかく捜査員二名は空港で山崎の姿を確認していると」

「その通りです」

「鹿島空港って言ったわよね」

「そうです。小さな空港です。山崎の自宅は新宿ですから捜査員は新宿から茨城まで尾行したことになります」

「捜査員も長旅でしたな」

「殺人鬼を捕まえるためなら努力は厭《いと》いません」

「やっぱり山崎が殺人鬼なんだ」

「容疑者の一人です」

「他に容疑者はいないんでしょ？」

いるかちゃんの質問に植田刑事は答えに詰まった。

「いるの？」

「捜査上の情報は教えられません」

「いるのね」

ここは教えられないところか。

「空港までの尾行は電車で？」

「電車です」

捜査上の秘密を聞きだす事は諦めて、いるかちゃんはさして重要ではない情報収集に戻る。だけどこの〝さして重要ではない〟と思われた情報から東子さんは真相を探り当てるのだ。

「長い尾行の間、よく山崎に気づかれませんでしたな」

　ちょっと思った。

「とにかく鹿島空港までは見失わないで尾行していたのよね？」

「その通りです」

「で、鹿島空港で見失ったのね」

「その通りです」

　マスターが答えなくていい。

「空港のどの辺りで見失ったの？」

「空港ではありません」

「え、いま空港って言ったでしょ？」

「はい。ですが空港で見失ったわけではないのです。捜査員は山崎が飛行機に乗るところまでは確認しているのです」

「飛行機に乗ったところを確認できたのなら降りる空港で待ちかまえていればいいわけよね。現地の警察署に連絡して」

「もちろん警察《われわれ》は、そうしました」

「なのに取り逃がした」

「目的地の空港で見失ったのですな」

「降りてこなかったのです」

「飛行機が？」

大ニュースになってるよ。

「山崎がです」

「ちょっと、ちょっと～。山崎が降りてこなかったって、どうゆうことよ～」

とつぜん女言葉になるマスター。

「言ったとおりです。飛行機に乗ったのに降りてこなかった」

「まだ乗ってるんだ」

「それはありません。機内は隈無《くまな》く捜しましたが山崎の姿はありませんでした」

「どうゆうこと？」

「言ったとおりです。機内で消えたのです」

「チャンチャン」

全然〝チャンチャン〟を言う場面ではない。

「飛行機に乗った山崎が降りてこなかった……。つまり山崎は機内で消えてしまった。たしかに不思議に思えるわよね。でもきっと何か絡繰《からく》りがあるはずよ」

「どんな絡繰りが？」

「それは……」

いるかちゃんが言葉に詰まる。

「チッチッチ」

おそらく〝チッチッチ〟を言う場面でもない。

「簡単なことだよ、スチーブンソン君」

〝ワトソン君〟と言おうとして大きく間違えたのか？

「判るの？」

「判りますとも。山崎は実は飛行機に乗ってなかった。そうゆう事でしょ？」

「あ、なるほど」

いるかちゃんがマスターの意見に〝なるほど〟と言ったのは史上初じゃないか？　いや、いるかちゃんに限らず誰かがマスターに対して〝なるほど〟と言ったのは。

「それだったら降りてこなくても不思議じゃないわよね」

「その通りです」

「だけど、どうして捜査員は山崎が飛行機に乗ったと思いこんだのかしら？」

「ちょっと待ってください」

植田刑事が慌てた様子で割りこんだ。

「山崎が飛行機に乗ったのは確かなことですよ」

「そんなわけはないでしょう。降りてこなかったんだから乗ってないとしか考えられないわけで」

「捜査員が見間違えたんですな。山崎だと思っていたのは山崎に似ている誰かだった」

「それはありません」

植田刑事がやけに強い口調で断言する。

「ひょっとしたら見間違いかもと思った捜査員が防犯カメラを確認したのです」

「防犯カメラ？」

「はい」

「空港には防犯カメラが設置されているのですか？」

「勿論《もちろん》です」

「まずテロ攻撃に対する脅威がありますからね。セキュリティは万全にしなければならないでしょう」

千木良青年が入れた解説に東子さんが頷いた。

「テロ以外にも不法出入国や禁止薬物や危険物の密輸などを水際で阻止することは大事です」

「空港って多くは水際にありますね」

「乗客もチェックされているとゆう事ね」

「その通りです。そもそも空港でのセキュリティ対象は三つありまして、旅客、荷物、空港施設なんです」

「旅客が真っ先に来てるわね」

「旅客を対象としたセキュリティでも最重要項目は確実に個人を認証することです」

「つまり山崎が飛行機に乗ったと判断した捜査員の目に抜かりはないと」

「ありません」

「指紋などの生体認証情報は？」

「国内旅行ですからありません。しかし個人認証は確実です。山崎を熟知している捜査員が映像を見て確認しているのですから」

「別人が変装していたとか？」

「変装していたとしたら、その変装していた人物が飛行機から降りてこなかった事になります。不思議さに変わりはありません」

「あ、そうか」

「警察は山崎以外の乗客全員の顔も確認しています。山崎以外の乗客は、全員、降りたことが確認できているのです」

「すると警察がマークしていた人物が山崎であれ山崎に変装した人物であれ飛行機の中で消えた事実に変わりはないとゆう事ですな」

「その通りです。いずれにしろ不思議です」

「さらに」

千木良青年が言葉を繋ぐ。

「どのみち消えるのであれば変装する意味もないですよね」

「決定。消えたのは偽物じゃなくて本物の山崎」

「わかったわ。本物の山崎が飛行機に乗ったことは確定ね」

「ですな」

「飛行機は鹿島空港を何時に出発したんですか？」

「朝の十時十五分発です。因みにスカイホーム航空という格安航空会社の８１３便です」

「飛行機に乗っているところが判ったんなら後は着陸する空港近くの警察に協力してもらって尾行を続ければいいわけよね」

いるかちゃんの言葉に植田刑事は「そのはずでした」と答えた。

「警察は、そうしたのよね？」

「もちろん、そうしました」

「だったら尾行を続けられるはずだけど……」

「それが理屈ですが……。事態は理屈通りに進まなかったんです」

「山崎は飛行機から降りてこなかった……」

「そんな現実ではありえないことが実際に起きてしまった。だから警察も頭を抱えているのです」

「頭を抱えてもらっては困りますね」

山内が言った。

「凶悪犯の居場所を摑んだのですから確実に尾行しなくては」

「仰る通りです。ただ山崎は飛行中の飛行機の中から忽然《こつぜん》と姿を消してしまったのです。いったい何が起きたのか？　途方に暮れています」

「山崎が飛行機から降りてこなかったことは確かなのですか？」

千木良青年の問いに植田刑事は「確かです」と答えた。

「降りた空港にも防犯カメラはあるのよね？」

「あります」

「そこでも入念なチェックが行われたのよね？」

「勿論です」

「その結果、山崎が降りてこなかったことも確かなのよね？」

「はい」

「警察を信じましょ」

「了解」

「降りた空港は延岡空港って言ったわよね」

「はい。この空港も鹿島空港同様、小規模な空港です」

「鹿島空港を十時十五分に離陸したとお伺いしましたがその飛行機が延岡空港に着陸したのは何時ですか？」

千木良青年の質問が続く。

「午後一時十七分です」

「その間、813便は、どこの空港にも降りてないんですね？」

「もちろんです」

「たしかに不思議ね」

ようやくいるかちゃん、およびこの場にいるメンバーは植田刑事の言う〝不思議〟を認めた。

「答えは明白ですな」

マスターを除いて。

「明白？」

藁《わら》にも縋《すが》りたい心境の植田刑事が藁よりも頼りないマスターの戯《ざ》れ言《ごと》に縋ってしまった。

「さよう。山崎は確かに乗ったのに飛行機から降りてこなかった。すなわち答えは一つしかありません」

「その答えとは？」

「名前を変えたのです」

植田刑事は、すぐさまマスターの話をまともに聞こうとしていた自分の過ちに気づいて摘みを食べることに神経を集中した。いつの間に厚切りベーコンを頼んだのだろう？　一口大に切られたベーコンを焼いただけの料理。ベーコン自体に塩味がついているので調味料は要《い》らない。これならマスターにも料理できるだろう。

「たとえば山崎が川崎《かわさき》に改名していたとしたら山崎は降りてきませんよね？　川崎が降りてきたのだから」

「はい。焼き椎茸《しいたけ》」

いるかちゃんが、みなに新しい摘みを配り始める。代金はキッチリ取るのだろう。椎茸と醬油《しょうゆ》の香ばしい香りが漂ってくる。

「名前を変えたって言えば奈良富士子《ならふじこ》って改名しなかった？」

マスターが更に話を脱線させる。

「しましたね」

それを受けるのが山内だ。

「主演したドラマ『美人はいかが？』は観ていました。歌手デビューもしましたけど水島《みずしま》彩子《さえこ》に改名。その後、反省したのか奈良富士子に戻しました」

反省したから戻したかどうかは判らないけど。

「芸能界ってけっこう名前を変える人いるよね」

「樹木希林《ききききりん》に改名した悠木千帆《ゆうきちほ》さんとか」

「悠木千帆って芸名は売っちゃったんだよね」

「ユニークな人ですね」

珍しく千木良青年が懐かし話に参加。

「『船を降りたら彼女の島』って古い映画を観ていたら石原《いしはら》さとみが石神国子《いしがみくにこ》って名前で出てました」

さすが千木良青年は映画館で映写技師を務めているだけあって映画に詳しい。

「秋野太作《あきのたいさく》もNHK金曜時代劇の『天下御免』や初期の『男はつらいよ』に出ていた頃は津坂匡章《つさかまさあき》だったんだよね」

マスターが改名の話を続ける。

「井上陽水《いのうえようすい》が最初はアンドレ・カンドレって名前だったのは謎だな」

「若人《わか と》あきらが我修院達也《がしゅういんたつや》になったのは行方不明事件が関係してるのかな」

僕も話に参加する。

「おさるがモンキッキーに改名させられた事もあったし」

「井上順之《いのうえじゅんじ》が井上順《じゅん》にしたように下の名前を変えるパターンがありますね」

「逆に名字を変えるパターンもあるぞ。夏木勲《なつきいさお》が夏八木勲《なつやぎ》にしたり」

「丸山明宏《まるやまあきひろ》が美輪《みわ》明宏になったり野口《のぐち》ヒデトが真木《まき》ひでとになったり」

マスターが僕が出した例に追加する。

「読みかたは変わらないけど字を変える人はいますね。阿藤海《あとうかい》が阿藤快《かい》になったり」

「逆に音を変える人もいますぞ。佐野量子《さのりょうこ》が最初はカズコだったけどリョーコにしたり」

「本来の読みかたで読んでもらえなかったから変えたんだよね」

「読んでもらえない系ですか」

「内野聖陽《うちのまさあき》が内野聖陽《せいよう》になったのも〝読んでもらえない系〟だな」

「大島智子《おおしまさとこ》が大島さと子に変えたのもですね」

「それはむしろ漢字からひらがな系に分類したい」

「それ系もありますね。薬師丸《やくしまる》ひろ子のデビュー前のポスターを見たことがあるんだけど薬師丸博子《ひろこ》って漢字だったんだよね」

「それは知らなかったなァ」

「ひらがなを漢字に変えるケースもありますね。五十嵐《いがらし》じゅんが五十嵐淳子《じゅんこ》になったり柏原《かしわばら》よしえが柏原芳恵《よしえ》になったり」

山内がいつになく生き生きとしている。改名マニアだったのか？

「この間『野ブタ。をプロデュース』を見返していたら夏菜《なつな》が渡辺《わたなべ》夏菜名義で出てました」

「杏《あん》も結婚前の名字が渡辺なんだよね」

優香《ゆうか》や波瑠《はる》はどうだろう？

「名字を外す系もありますけど名字をつける系もありますね」

「真剣佑《まっけんゆう》が新田《あらた》真剣佑になったり？」

「ですね。ＡＲＡＴＡが井浦新《いうらあらた》になったり太賀《たいが》が仲野《なかの》太賀になったり」

「いずれにしろ本名を活かしてるのね」

「森昌子《もりまさこ》が主演して古手川祐子《こてがわゆうこ》、田中裕子《たなかゆうこ》と共演した『想い出づくり。』に田中美佐子《みさこ》が田中美佐《みさ》って名前で出てたのもその類《たぐい》でしょうね」

「ＧａｃｋｔもＧＡＣＫＴに改名したね」

「アルフィーもＡＬＦＩＥ↓Ａｌｆｅｅ↓ＡＬＦＥＥ↓ＴＨＥ　ＡＬＦＥＥと変化しました」

「どっちでもいいよ系ね」

ほかの分類名をつけてあげたい。

「里見浩太郎《さとみこうたろう》が里見浩太朗《こうたろう》になったのもそこですかね」

「きりがないね」

「どうして多くの人が改名するのかしら？」

いるかちゃんが疑問を呈する。

「運勢を良くしたいからでしょう」

改名マニアの山内が答える。

「芸能人やスポーツ選手って験《げん》を担ぐ人が多そう」

「どっちの世界も一寸先は闇ですからね。政治家もそうらしいですね」

「芸能界やスポーツ界、政界は浮き沈みが激しい世界って感じがするものね。何かに頼りたくなる気持ちも判らないではないわ」

いるかちゃんがみんなにお代わりのジンを差しだしながら言う。

「もともと名前ってゆうのは子供の幸せを願ってつけるものよね」

「〝かっこいい名前にしよう〟〝可愛い名前にしよう〟って動機もあるだろうけど根底には子供の幸せを願う気持ちが入っているでしょうね」

親でもない千木良青年が応える。

「それが親の願いです。落語にもありますよ。子供の長命を願う寿限無《じゅげむ》という噺《はなし》が」

「長生きが必ずしも幸せとは限らないけどね」

僕は自嘲気味に応えた。

「健康寿命が長いのがいいわよね」

「そーゆーことです」

「ピンピンコロリね」

「その言葉、ある自治体の広報誌にピンピンキラリって言い換えてあったな」

僕は自治体からもらったカレンダーを思いだしながら言った。

「自治体としちゃコロリが駄目だったんでしょうね」

「キラリだとちょっとプレッシャーがかかりそうだけど」

マスターはギラリか。

「いずれにしろ長生きは古来、おめでたい事とされていますな」

「健康寿命で長生きしたいですね」

「それが条件ね」

「ドラマでも長寿番組ってあるよね」

「あるわね〜。『ドクターX』とか」

「まず、それなんだ」

『Ｄｏｃｔｏｒ－Ｘ　外科医・大門《だいもん》未知子《みちこ》』はテレビ朝日系で二〇一二年から始まったドラマだ。

「『相棒』の方が長いでしょ」

「『相棒』って最初は土曜ワイド劇場だったんですよね」

「2サス？」

「そうです。それで三本作って人気があったから連ドラ化したんです。最初の2サスは二〇〇〇年」

「『ドクターX』よりかなり早いわね」

「連ドラになったのは二〇〇二年です」

「連ドラになってからも大当たりね」

そう言うといるかちゃんは自らジンを飲みながら「『科捜研の女』も人気の長寿番組よ」と続ける。

「『科捜研の女』も2サスと連ドラとあります」

「今じゃ連ドラが定番」

「アメリカにも『CSI：科学捜査班』ってゆう人気の番組があるわよね」

「ありますね」

「『科捜研の女』って『CSI』にヒントを得たのかしら？　そうゆうケースって多い気がするけど」

「実は『科捜研の女』の方が古いんです」

「『ルーシー・ショー』より？」

今は『CSI』の話をしている。

「『科捜研の女』の第一シリーズが始まったのが一九九九年」

「ノストラダムス！」

『ＣＳＩ』は二〇〇〇年です」

「わずかに『科捜研～』が早いのね」

「危ね～」

「意外です」

「刑事ドラマって長寿ものが多くない？」

「むしろ少ない方でして」

「『相棒』『科捜研の女』……」

「ほら！　後が続かない！」

そんな鬼の首を取ったように言わなくても。

「『特捜最前線』」

「苦しい」

『特捜最前線』はテレビ朝日系列で一九七七年から一九八七年まで十年続いたから苦しくはないだろう。充分、長寿番組といえる。エンディングに流れるチリアーノの『私だけの十字架』が懐かしい。『太陽にほえろ！』もあるし。『太陽にほえろ！』は日本テレビ系で一九七二年から一九八六年まで十五年近くの長きに亘《わた》って続いた刑事ドラマだ。

「しかし何と言っても長寿番組と言えば必殺シリーズと大河ドラマ！」

マスターが鼻息を荒くする。よっぽど思い入れがあるのだろうか。たしかに必殺シリーズの熱いファンはたくさんいるみたいだけど。

「青春シリーズも長寿と認めて良いんじゃない？」

「青春シリーズは駄目ですね」

いるかちゃんの提案を山内が一蹴する。

「どうして！」

マスターが全身で憤慨している。そんなに力を入れて憤慨するような事ではないが。おまけに山内のルールに大した拘束力も価値もないはずだが……。

「青春シリーズは同じ番組が続いてるわけじゃありませんからね。『青春とはなんだ』『これが青春だ』『飛び出せ！青春』など、それぞれ別の登場人物による別の番組です。『水戸黄門』のように同じ登場人物じゃありませんから」

マスターが鬼のような形相《ぎょうそう》でブルブルと軀《からだ》の震えを懸命に抑えながら山内を睨《にら》みつける。怖い。

「だったら大河もそうじゃない？」

「あ、あう」

マスターが犯行を見破られた真犯人のように慌てている。

「そ、それは……」

「必殺だってそうよね」

マスターがガックリと肩を落とす。

「無駄だった……。俺の人生、すべてが無駄だった」

ある意味正しい。その傍証として誰もマスターの小芝居につきあっていない。

「特撮ものだって駄目でしょう」

「え、特撮ものの話はまだしてないよ？」

立ち直りも早い。

「ただ各種特撮ものはシリーズの中で緩い繋がりがあります。同じ世界観の話と言いますか」

「ウルトラマンはみんな兄弟だしね」

「仮面ライダーも同じ世界観よね」

「戦隊ものは？」

戦隊もの――スーパー戦隊シリーズはウルトラマンシリーズや仮面ライダーシリーズと同じように特撮テレビドラマだ。五人を基本とした戦隊チームが悪と戦う。一九七五年の『秘密戦隊ゴレンジャー』から始まって今でもシリーズは作られ続けている。

「堅いこと言わずに長寿シリーズとゆうことで」

そうまとめながらいるかちゃんが新しいお摘みを提供する。

「はい。チーズの盛りあわせ。柔らかいわよ」

「躯に良さそうですね」

「そうよ。チーズは躯にいいのよ。乳製品、それも濃縮された乳製品だから栄養たっぷりよ。乳製品はアルコールから胃を守る働きがあるしね」

「いただきましょう」

「先に出した野菜スティックはもちろんのことナッツ類だって躯にいいわよ」

「え、ナッツ類も？」

マスターが驚く。マスター以外はあまり驚いていない。

「コレステロールを抑制する脂肪酸が含まれてるし血糖値の上昇まで抑えてくれる。もちろんアミノ酸、ビタミン、ミネラルも豊富よ」

「いい事だらけじゃん」

そう言うとマスターがバリバリとナッツを貪り食う。怖い。

「これでどんだけお酒を飲んでも健康でいられる」

「お酒はほどほどに」

「さすがいるかちゃん。商売よりもお客さんの健康を気遣ってくれるとは」

「健康を害したら、お店にも来られないでしょ」

ヤッパリ商売だったか。

「みんなには長生きしてもらわないと」

いるかちゃんの商売っ気に気づかず山内が涙ぐんでいる。

「人生もドラマも長寿はおめでたいものね」

「ドラマで長寿番組の代表といったら、何と言っても〝わたおに〟でしょ」

「『渡る世間は鬼ばかり』ね」

「いったい、いつまで続くんだよ、ってぐらい続きましたからね」

「脚本の橋田壽賀子《はしだすがこ》さんは九十歳ぐらいの時に〝わたおに〟卒業宣言をしましたけど、たまにスペシャルで復活」

「あまりにも人口に膾炙《かいしゃ》しすぎて本来の諺《ことわざ》である〝渡る世間に鬼はない〟じゃなくて〝渡る世間は鬼ばかり〟が本来の諺だと思ってる人もいたりして」

「え、違うの？」

「ほら」

「タイトルは本来の諺をもじったの」

「パロディってこと？」

「そうです」

〝もじる〟も死語か？

「でも最近の若い人は連ドラを観なくなったらしいね」

僕はやや寂しげに言った。

「あたしは観てるけど」

「いるかちゃんは多数派じゃないからね」

「それは言えるかも。もともと歌舞伎が好きだから」

それが少数派とゆうのも、ちょっと寂しいが。

「連ドラってゆうかテレビ自体を観なくなったわ」

「一家に二台目、三台目のテレビを置くようになってから家族でテレビを観る習慣が減っていったのがテレビ離れの遠因だと思いますね」

山内が分析に入る。

「昔は家族全員が一台のテレビを観ていたんだよね」

「三丁目の夕日！」

印象的な場面があった。

「それって原始時代に焚火《たきび》を囲んでお話を聞く雰囲気に似てるわね。原始時代の焚火を囲んでの話が現代ではテレビを観ながら、あーでもないこーでもないって話すことに移行したのかしら？」

「そうゆう事でしょう」

原始時代に焚火を囲んで話をしていたかどうかは知らないけど。雰囲気は想像できる。

「それが子供たちが自分の部屋にテレビを置くようになったでしょう？」

「僕は置いてませんでしたね」

千木良青年が言った。

「そうゆう人も多いでしょうが自分の部屋にテレビを置く若い人が徐々に増えていった事は確かでしょう。それにつれてテレビの重要性が少しずつ減っていったように思えますね」

「言えてるかもしれませんね。後はビデオゲームの普及も」

山内と千木良青年で話が合う。

「それが大きいですね」

「子供たちはゲーム機があればテレビは要らなくなった」

「家族でゲームもあるけど。テレビの重要性が減ったことは変わりないでしょう」

「決定的なのは携帯電話の普及」

僕が駄目を押す。

「子供たちはリビングのテレビの前に行かなくても自分の部屋で用が足りるようになったからね。ケータイゲームがあれば時間が経《た》ってゆく……。ケータイがスマホになってさらにその傾向は加速」

「友だちとのやりとりもスマホでできるしテレビさえスマホで観ることができるしね」

「そう。テレビ番組はテレビでもスマホでもオンデマンドで観られるからリアルタイムでの視聴にますます意味がなくなってくる」

「厭《いや》な時代になりましたなあ」

植田刑事が嘆息した。

「あたしの時代の悪口を言わないでくれる？」

「や、これは失礼しました」

「いるかちゃんの時代なんだ」

マスターが揶揄《やゆ》するように言う。

「大きく出ましたね」

「いるかちゃんに言われると、そうかもしれないとゆう気持ちにさせられる」

僕は述懐した。いるかちゃんはそれだけのスター性を持っているとゆうことか。

「この店は治外法権だから何を言っても許されるし」

いるかちゃんの言葉に「昔話……懐かし話であればね」とマスターがつけ加える。

「昔と言えば……。テレビドラマの中でも時代劇なんかさらに観なくなっちゃったでしょう」

山内が懐かし話を続けるので僕も「そうなんだよね。だから前だったら誰でも知っているような歴史上の実在人物についての基礎知識が欠けている」と繋げる。

「幡随院長兵衛《ばんずいいんちょうべえ》と言っても判らないわよね」

歌舞伎好きのいるかちゃんは当然、知っていたか。

幡随院長兵衛は江戸時代前期の町人で町奴《まちやっこ》の頭領。日本の侠客《きょうかく》の元祖とも言われている。

「歌舞伎の演目になったことで現代まで語り継がれているのよね」

「その〝現代〟も昭和までかな」

山内が少し寂しそうに呟いた。平成では風前の灯火《ともしび》。令和だと……。

「石川五右衛門《いしかわごえもん》、清水次郎長《しみずのじろちょう》、国定忠治《くにさだちゅうじ》、河内山宗俊《こうちやまそうしゅん》、遠山金四郎《とおやまきんしろう》、長谷川平蔵《はせがわへいぞう》、鼠小僧次郎吉《じろきち》、水戸黄門、暴れん坊将軍、山中鹿之助《やまなかしかのすけ》……」

山内が指折り数えて「今の若い人は、ほとんど知らないんじゃないかなあ」と嘆息する。

「あたしは全部知ってるわよ」

「さすが、いるかちゃん」

「千木良青年は？」

「僕も全部知ってますね」

「どうなってんだ？　今時の若いもんは」

どっち方向への疑問なんだ？

「あたしたち二人は物知りだから」

いるかちゃんが自分と千木良青年を一括《ひとくく》りにしたのが少し悔しい。

「平均的な〝若い人〟が知ってるのは水戸黄門あたりじゃない？　遠山の金さんも少し怪しいわよ」

どこか上から目線のいるかちゃん。

「紋次郎《もんじろう》なんか日本史の教科書には載らなくなっちゃったし」

前から載ってない。架空の人物だから。

「原作はハードボイルドと本格ミステリを見事に融合させてるよね」

実は読書家のマスターの発言。

「それは言えるかもしれませんね」

笹沢左保《ささざわさほ》の傑作時代小説。

「ネットの普及でテレビの需要が相対的にかなり下がったってことね」

「ただ……。大河と朝ドラは今でもネットで盛りあがってるような気がしますね」

たしかに大河と朝ドラは根強い人気がある。

「大河は時代劇つながりでもありますな」

ＮＨＫの大河ドラマは一九六三年（昭和三十八年）に大型時代劇として始まった。記念すべき一作目は江戸末期の幕臣、井伊直弼《いいなおすけ》の生涯を描いた舟橋聖一《ふなはしせいいち》原作の『花の生涯』だった。主演は尾上松緑《おのえしょうろく》。他に佐田啓二《さだけいじ》、田村正和《たむらまさかず》、淡島千景《あわしまちかげ》、香川京子《かがわきょうこ》など。平均視聴率二十・二パーセント。

二作目が長谷川一夫《はせがわかずお》が大石内蔵助《おおいしくらのすけ》役で主演した『赤穂《あこう》浪士』。吉良上野介《きらこうずけのすけ》役は滝沢修《たきざわおさむ》。他に山田五十鈴《やまだいすず》や淡島千景、宇野重吉《うのじゅうきち》など当時の人気俳優を揃えて平均視聴率三十一・九パーセントを記録。最高視聴率の五十三パーセントは今でも大河ドラマ史上の最高記録となっている。

三作目『太閤記』、四作目『源《みなもとの》　義経《よしつね》』と続き、その後は六作目の『竜馬《りょうま》がゆく』、七作目『天と地と』、八作目『樅《もみ》ノ木は残った』、十一作目『国盗り物語』などの傑作を生んでゆく。

源《みなもとの》　頼朝《よりとも》を描いた第十七作目の『草燃える』では源頼朝（石坂浩二《いしざかこうじ》）の死後は妻の北《ほう》条《じょう》政子《まさこ》（岩下志麻《いわしたしま》）がタイトルトップとなった。

第十九作目の佐久間良子《さくまよしこ》主演『おんな太閤記』では女性が主役を務め十六年ぶりに平均視聴率が三十パーセントを突破。脚本は橋田壽賀子。

第二十三作『春の波涛《はとう》』の松坂慶子《まつざかけいこ》、第二十四作『いのち』の三田佳子《みたよしこ》と女優の主演が続く。

第二十五作の渡辺謙《わたなべけん》主演『独眼竜政宗』では平均視聴率三十九・七パーセントの歴代最高を記録。この記録は現在でも破られていない。

渡辺謙は第三十二作『炎《ほむら》立つ』でも二度目の主演を果たす。続く第三十三作『花の乱』

では三田佳子も二度目の主演。

第四十二作『武蔵　MUSASHI』では現・市川海老蔵《いちかわえびぞう》の市川新之助《しんのすけ》が米倉涼子《よねくらりょうこ》と競演。

三谷幸喜《みたにこうき》が脚本を担当した第四十三作『新選組！』では香取慎吾《かとりしんご》が近藤勇《こんどういさみ》、山本耕史《やまもとこうじ》が土方歳三《ひじかたとしぞう》、藤原竜也《ふじわらたつや》が沖田総司《おきたそうじ》、堺雅人《さかいまさと》が山南敬助《やまなみけいすけ》、山本太郎《やまもとたろう》が原田左之助《はらださのすけ》を演じるなど豪華メンバーを揃えた。

「大河に関しては過去、何度か言及されてきたと思いますが。この『東子の部屋』で」

「『徹子《てつこ》の部屋』のもじり？」

「残念でした。阿川佐和子《あがわさわこ》の『サワコの朝』のもじりでした」

「だったら『東子の朝』でしょう」

「今は夜ですぞ」

一本取ったつもりでマスターに理はない。

「草笛光子《くさぶえみつこ》の『光子の窓』とゆうのもあったそうですね」

山内が俳句手帳を見ながら言う。いずれにしろこの店で事件の話をするときには〝夜の捜査会議〟となり昔話をするときには『東子の部屋』となるようだ。マスター的には。

「大河では何が好きでした？」

「『篤姫《あつひめ》』だね」

山内の問いに即答するマスター。

「篤姫が宮崎《みやざき》あおいで皇女 和宮《かずのみや》が堀北真希《ほりきたまき》」

「和宮の母親が若村麻由美《わかむらまゆみ》でしたね」

「堀北真希の実母が若村麻由美で義母が宮崎あおいって凄くない？」

普通に凄い。

「ケータイ刑事《デカ》では姉妹だったんだよ？」

そーゆー凄さか。『ケータイ刑事』のシーズン1では宮崎あおいが主演となり女子高生刑事、銭形愛《ぜにがたあい》を演じた。シーズン2では堀北真希が主演となり宮崎あおいの妹、銭形舞《まい》を演じた。この姉妹は四姉妹で黒川芽以《くろかわめい》、夏帆《かほ》と続く。

「後は大原麗子《おおはられいこ》の『春日局《かすがのつぼね》』ね」

「寅《とら》さんでも大原麗子のやつを挙げてなかった？」

「ファンなもので」

「マスターはドラマを女優中心に観てますからね」

「山ちゃんだって、そうでしょう」

ストーリーよりも。そうゆう観点から観ると、たしかに大原麗子主演の『春日局』が最初に来てもおかしくはない。

「初回の視聴率は低かったですが」

「あれは何をとち狂ったか元日の放送だったから仕方ないでしょ〜。ノーカウントだよ〜」

さすがによく知っている。

「『西郷どん』では意外と風間杜夫《かざまもりお》がいい味を出してるでごわす」

第五十七作目。マスターの語尾が変幻自在に変化するのはいつものことだ。〝意外と〟かどうかは判らないけど。あと〝さいごうどん〟じゃなくて〝せごどん〟。今までずっと〝さいごうどん〟だと思っていたのか。

「風間杜夫と言えば大河よりも『スチュワーデス物語』が印象深いですけどね」

山内が言う。

「パイロット……じゃなくて教官役でしたか」

「パイロットのかたは信頼できるかたですか？」

「モチのロンです。パイロットと言えば信頼の代名詞でして」

信頼の代名詞にはなっていないと思う。

「風間杜夫を中心に置いて古くは『アテンションプリーズ』の竜雷太《りゅうらいた》。新しくは『GOOD LUCK!!』の木村拓哉《きむらたくや》……。女性パイロットもいなかったっけ？」

「ドラマの話じゃなくて事件の話じゃないか？」

僕はマスターに提言した。

「事件の話です」

東子さんが答える。当たった。東子さんの家にはおそらくテレビがないのでテレビの話には参加できない。

「ですよね～」

マスターの瞬時の変わり身。

「どうゆう意図での質問ですかな？」

マスターがシガレットチョコを取りだして口に銜《くわ》える。そのままバリバリと噛《か》み砕く。さすがのいるかちゃんの顔も引きつる。

「パイロットが信頼できようができまいが関係ないでしょう。むしろ問題なのはスチュワーデスが信頼できるかどうかでして」

「マスター。スチュワーデスとゆうのは昔の呼び方で今はキャビンアテンダント略してCAと呼んでいます」

「いつから？」

「それはですね」

山内がみんなに見えないようにスマホで確認する。僕の角度からは丸見えだが。

「ANAすなわち全日空ではスチュワーデスとゆう言葉を一九八七年（昭和六十二年）まで使っていたようですね。その後は客室乗務員と呼ぶようになったみたいです」

「ＣＡじゃないじゃん」

「ＣＡは一般に流布《るふ》した呼称になりましたが法律で決められてるわけじゃありませんからね。ちなみに日本航空すなわちＪＡＬでは一九九六年（平成八年）までスチュワーデスを使っていました」

「出遅れたね」

たしかスチュワーデスという言葉は男女平等の観点からはあまり好ましくないと言われだして呼称が変化したと記憶している。男性乗務員の呼称はスチュワードで女性乗務員の呼称はスチュワーデスだが男女で職務の呼称を変える必要があるのか、とゆう事だろうか。婦人警官は今は女性警官と呼ばれるようになったし〝女優〟という呼称を嫌って女性の役者も俳優と呼ぶ人もいる。男性は〝俳優〟なのになぜ女性の場合だけ〝女優〟なのかとゆうわけだ。作家も女性の作家をわざわざ女流作家と呼ぶ習わしも長らく続いていた。他にも女性が専門職を持つ場合に女教師、女医など、ことさら〝女〟をつける習わし。そうゆう風潮がようやく最近、見直されてきてその流れの一環としてＣＡという呼称も登場したのだろう。

「話が脱線したようですね」

千木良青年が言った。かなり勇気を要する発言ではないだろうか。マスターと山内は年上だし店の常連としても先輩だ。

「『底ぬけ脱線ゲーム』の司会って誰だっけ？」

だがマスターは意に介したふうもなくさらに話を脱線させる。

「金原二郎《きんばらじろう》」

山内も。

「そうでしたそうでした。脱線チームにファイティング原田《はらだ》も出てなかった？」

「脱線チームでしたっけ？」

「パイロットは信用できるかって訊いてるのよ」

いるかちゃんが脱線に脱線を重ねる当店の脱線チームに業を煮やしたのか、いくぶんドスの利いた声で割って入る。

「竜雷太じゃないわよ。殺人鬼が飛行機の中から消失した不可思議な事件の飛行機を操縦していたパイロットの事よ。そのパイロットは信頼できるかって訊いてるのよ東子は」

「竜雷太を選びましたか。キムタクじゃなく」

ちょっと思った。

「もし信頼できないパイロットのかたであれば、そのかたが犯人と共謀している可能性もあると思ったものですから」

「つまり東子は殺人鬼の山崎と飛行機のパイロットがグルだった可能性を考慮したいのよね？」

「その通りです」

当たった。

「もちろんパイロットのかたが殺人鬼の仲間である可能性は低いと思いますが、その可能性を潰《つぶ》しておきたいのです」

「ブシュッ」

マスターが擬音を声に出して明太子を潰した。

「パイロットは信頼できます」

植田刑事が断言した。

「警察が徹底的に身辺捜査をしましたから。その結果、機長、および副操縦士など乗務員に不審な点は皆無でした。山崎との接点もありません」

「警察組織全体が山崎とグルだったとしたら？」

「警察の捜査の結果なら信頼できますね。身辺に関しては」

千木良青年が身につけたマスターの発言を無視するとゆうテクニック。〝身辺に関しては〟と条件をつけたところが少し気になるが。推理に関しては警察よりも東子さん、もしくは自分の方が自信があるとゆう事をさりげなく主張したいのだろうか。

「つまり山崎と機長はグルじゃないって事ね」

「たとえグルであったとしても物理的に機長が協力したからと言ってコックピットに人間

を隠すことなどできないでしょう」

植田刑事が駄目を押す。

「コックピットには副操縦士もいますからな」

久しぶりに真面目なマスターが出現。

「コックピットには何人？」

いるかちゃんが捜査本部長のように植田刑事に訊く。

「機長、副操縦士の二人です」

「副操縦士に見つからずに他の誰かをコックピットに隠すことは……？」

「可能」

「不可能です」

マスターの言葉が無視される日常風景に戻る。

「そうよね」

「機長も副操縦士もグルだったら？」

「同じ事でしょう」

千木良青年は怯《ひる》まない。

「コックピットに乗客が入るような事があったらキャビンアテンダントが見逃しません」

「キャビンアテンダントが全員、近視だったら？」

そっちの方角から反論するとは思わなかった。

「キャビンアテンダントは全部で三人いましたけど常に機内には目を配っています」

「キャビンアテンダントも全員、グルだったら？」

切りがない。

「警察はパイロットだけじゃなくＣＡも全員、身辺捜査をしています。その結果は全員がシロです」

「容疑者の範疇《はんちゅう》にも入らないような共犯の可能性の薄い人に対して〝シロ〟は失礼ですぞ」

自分がいちばん疑っていたくせに。

「失礼しました。捜査の結果、乗務員に共犯者はいないとゆうことを言いたかったわけでして」

「了解。では次の質問」

いるかちゃんが手元の用紙をめくる。捜査資料だろうか。

「山崎はどの辺りの席に乗っていたの？」

「最後尾です」

「一番後ろの席ね。だったら、そこからいちばん前のコックピットまで行くのは大変よ。目立っちゃうもの」

「ですな」

「第一」

千木良青年が一旦、喉を潤す。

「グルかグルじゃないかは関係ないでしょう」

「またそんな今までの検証を無にするような発言を」

ちょっと思った。さらに千木良青年は、いるかちゃん、いや、その大本になる論を提供した東子さんに戦いを挑んでもいる。

「どうゆう事ですか？」

山内が訊く。

「たとえグルであっても」

「グルであっても？」

いるかちゃんが千木良青年に顔を近づけて訊く。

「飛行機から降りてこなかった事実に変わりはないでしょう」

「あ」

マスターが素《す》で驚いている。

「つまりグルであっても飛行機から消えることは不可能なんですよ」

「解決」

ぜんぜん解決じゃない。謎はむしろ深まった。

「たしかにそうよね。グルであろうがグルでなかろうが山崎が飛行機から降りてこなかった事実に変わりはないんだもの。それはグルだからってできる芸当じゃないわよね」

「どっちでもいいんならグルじゃないってゆう警察の見解を事実と認定して話を進めましょうか」

千木良青年の言葉に「賛成」「異議なし」の声があがる。僕と山内から。

「これより賛成多数により乗務員に共謀者はいないと認定して審議に入ります」

マスターが仕切る。

「共謀者はいないからコックピットに隠れることは不可能だし仮に共謀者がいてコックピットに隠れたとしても降りてこなかったんだから〝飛行機の中で人間消失〟とゆう謎は残るのよね」

「乗客が降りた後のコックピットには誰もいなかったことが捜査員により確認されています」

「どこに消えたの？」

振りだしに戻る。

「〝コックピットに隠れているんじゃないか〟とゆういるかちゃんの推理は木っ端微塵《こっぱみじん》に砕け散りましたな」

「自分が言ったんでしょ」

「え、違うよ〜。リプレイ検証する？」

「店の中に防犯カメラがあるの？」

「ないけどスマホで動画を撮ってたから」

ストーカーだよ。

「わたくしが言ったのです」

凛とした声が響く。

「そうでしたか。その確認は捜査会議上、必要不可欠なものです。東子様、有意義な話題提供、ありがとうございます」

一件落着。桜川裁きか。

「コックピットに隠れてなかったとゆうことは確定したとして」

「だったら山崎はどこに消えたってゆうの？」

声はぜんぜん違うけど口調はいるかちゃんに似ていた。

「マスター。あたしの真似？」

マスターが頷く。

「到着した空港の到着ロビーの防犯カメラには映っていなかったんですよね」

千木良青年が話を戻す。完全にまともなのはある意味、千木良青年だけのような気がしてきた。

「そうです」

「だとしたら空港の防犯カメラが設置されていない場所から逃走した可能性があるんじゃないでしょうか？」

「その手があったか！」

マスターが叫んだけど誰も反応しない。

「その手が暖《あった》か！」

さらに反応しない。

「それは不可能です」

植田刑事がジンを口に含む。

「何故ですか？」

「飛行機の搭乗口に防犯カメラが設置されているからです」

「何故ですか？」

その理由は今はいらない。テロ対策を含む防犯上の理由だろう。

「飛行機の搭乗口に防犯カメラが設置されていれば空港のどこかに設置されていない場所があっても意味ないわよね」

「その通りです。山崎が飛行機から降りてこなかったことは確かなのですから」

「なんか、答え判っちゃったんですけど」

マスターが少女探偵のような口調で言う。

「変な口調やめてよ」

マスターが頬をプッと膨らませているかちゃんを睨む。おそらくまだ少女探偵を続けている。

「で、答えが判ったって？」

僕の質問にマスターがコクンと頷く。

「普通に言ってよ」

「一つしかないでござろう」

それがマスターの〝普通〟だったのか。

「何よ」

「変装でござる」

誰も何も発言しない。

「へーん、そう？　とゆう反応は？」

それもない。

「変装とはどうゆう事でしょうか？」

意外なことに東子さんが反応した。おそらく深窓の令嬢にして世間ずれしていない純粋無垢《むく》な東子さんは何の偏見もなくマスターに接しているのだろう。見習わなくてはならない。空気を読めないとも言えるけど空気など読まなくてもいい。いやそれは東子さんほどのお嬢様だから言える事かもしれない。我々のような庶民は空気を読みながら自己防衛に努めるのが精一杯だ。

「そそそそそれはですね」

言った本人が最大限に慌てている。東子さん直々に反応が来るとは思ってもいなかったのだろう。我々も思っていなかったのだから。

「山崎が何者かに……。たとえばマリオとかに変装して降りれば〝山崎〟が降りたところは防犯カメラには映りません」

その代わりメチャクチャ目立つ人物が映るわけだが。

「飛行機の中で変装……トイレの中とかで？」

マスターは少女探偵のような顔つきで頷く。いつまで続けるんだろう。

「それしかないような気がします」

東子さんが言った。

「へ？」

マスターが頓狂な声をあげる。

「そりゃあないでしょうお嬢さん探偵」

　東子さんに賛成されたことが意外すぎて自分の説を否定している。無理もない。東子さんがマスターの意見に賛同するなど前代未聞のことだ。そのことでは店内の誰もが驚いているだろう。あとマスターが東子さんのことをお嬢さん探偵と認識していたのは初めて知った。

「違うのですか？」

「それはその蛇の道は蛇と言いますか」

　意味が通じない。

「違うとは言い切れず」

「やっぱりそうなんだ」

「そそそうですよ？　あちきは最初っからそーゆー意見でしたよ？」

　様々な一人称を使い分けるマスターの今の一人称は〝あちき〟か。もっともすぐ変わったりするけれど。

「ただ……」

　東子さんがジントニックを口に含む。

「降りるときの防犯カメラで人数が確認されていればの話ですが」

　マスターの顔色がサッと変わった。おおかた自分の変節が再び否定されることを敏感に察知したのだろう。

「定員百五十名のところ実際に搭乗したのは九十六名です」

「空席も結構あったのね」

「その通りです」

「降りたのは何人？」

「九十五人です」

「一人少ないわね」

「そうなんすよ、そうなんすよ。わちきも、それを言いたかったんでやんすよ」

節操のなさは相変わらずだ。ただ自分が完全敗北したのにまるで意気消沈していないところは凄い。ついでに言うと語尾が変化している。

「実際に搭乗したのに降りてこなかった。変装したわけでもない」

「答えは一つですな」

「それは？」

植田刑事が「しまった」とゆう顔をしている。反射的に訊いてしまったけど言ったのがマスターだったことに気づいての後悔だろう。マスターは二度目の「答えは一つ」という矛盾をまったく気にしていない。

「飛行機から飛びおりたのです。パラシュートで脱出したのですよ」

マスターにしては比較的まともな答えだと思う。不可能だとゆう事に変わりはないが。

「それはありません」

「なぜです？」

「飛行中に飛行機のドアと窓がどこも開いてないことが確認されているからです」

「そうですよ？」

マスターの意味不明の反論。

「でも、それじゃあ山崎は、どこに消えたってゆうんですか⁉」

意味不明の逆ギレ。

「その答えを探しているんですよ」

冷静に答える植田刑事。

「搭乗時の防犯カメラに映った後に搭乗した飛行機から脱出することは不可能なの？」

「不可能です。搭乗口の防犯カメラに映った後に防犯カメラに映らずに脱出するルートはありません」

「解決は案外、早いかもしれませんね」

千木良青年が強気な発言をする。

「そうですな。殺人鬼は誰にも判らない脱出方法で飛行機の中から姿を消して見せた。その天才的な頭脳は警察を欺《あざむ》くのに充分と思えた。だが、さすがの殺人鬼にも、たった一つ誤算があった。そう、この場に、あちきという名探偵がいたとゆう誤算がね！」

「早いってどうゆうこと？　千木良くん」

「答えは明白だからです」

「え、山崎が飛行機から消えた絡繰りが判ったってゆうの？」

「はい」

この千木良青年も東子さんに迫る実力の持ち主だと聞いている。

「やはり、あなたも気づきましたか」

一人で名探偵ごっこを続けるマスター。

「マスター。教えてくれる？」

「え、あちきが？」

「そうよ。判ったんでしょ？」

いるかちゃんも意地が悪い。

「いや、それは、その　♪パピプペ　パピプペ　パピプペポ〜」

「余興は終わり。千木良くん。教えてくれる？」

余興だったのか。自分の雇い主に恥をかかせて余興にするとは、やっぱり、いるかちゃんは意地が悪いのか。客にはとことん気を遣うのに。

「千木良くん？」

いるかちゃんが答えを促す。

「仲間がいたんですよ」

「プッ」

マスターがわざとらしく噴きだす。これもマスターが良く繰りだす技だ。まったく効果はないが。

「仲間が？」

「はい」

「仲間がいたところで飛行機の中から消えることはできないでしょう」

「そうでしょうか？」

「具体的には、どのような方法が考えられるのですかな？」

植田刑事が訊く。

「仲間のスーツケースの中に入って脱出したんですよ」

千木良青年の言わんとするところが理解できなかったのか今度はマスターも揶揄することさえ忘れている。

「山崎って、そんなに小さかったの？」

だが、なんとか第一声を発したのもマスターだった。この辺りは根性があるのかもしれない。

「だって大の大人がスーツケースに入れるわけないでしょう……。ハッ。小の大人だったら……」

セルフボケ。

「植田刑事。どうなの？」

いるかちゃんが『朝まで生テレビ！』を仕切る田原総一朗《たはらそういちろう》みたいになってきた。

「山崎は身長が百八十センチぐらいですね。大柄です」

「そんなに大きな人間がスーツケースの中に入れるかしら？」

「無理ですな。入れるのは朱里《しゅり》エイコぐらいでしょう」

マスターの頭の中には朱里エイコの代表曲である『北国行きで』の一節が流れているのだろう。

「スーツケースと言っても、いろんなサイズがあるんじゃありませんか？」

山内が誰にともなく訊く。

「機内に持ちこめる荷物のサイズには制限があります」

東子さんが言った。

「仰る通りです」

「あ、ホントだ。スカイホーム航空の場合は三辺の長さの和が百十五センチ以内と決められていますね」

山内が俳句手帳を見ながら応える。便利な俳句手帳だ。

「百十五センチとゆうと、たとえば幅五十センチ、高さ四十センチ、奥行き二十五センチってとこかしら」

「イヤイヤイヤイヤ」

いるかちゃんの言葉にマスターが異議を唱える。

「五十センチの方が高さでしょう」

そういう異議だったのか。

「いずれにしても人が入るのは無理みたいね」

植田刑事がスマホを見ている。いくつかの情報が追加送信されているようだ。

「ついでに言いますと乗客の中で規格ギリギリまで大きなスーツケースを持っている人もいなかったようです」

「それは珍しいですな。乗っていたのは貧乏人ばかり？」

「国内での移動だからじゃない？」

海外旅行に行くほどの荷物を持つ人はいなかったから、みな小さめの旅行カバンだった。

「千木良説崩れたり」

遠慮のないところだけがマスターのいいところ……と言いたいところだけど店のマスターが客に対して、こうも遠慮のないことがいいこととは思えない。

「折りたためるバッグを持っていたらどうでしょう？」

千木良青年はまだ自説を諦めてはいないようだ。

「折りたためるバッグ？」

「はい。搭乗したときには小さめのバッグを持っていたんですが、そのバッグの中に折りたたみ式のバッグを入れていた」

「それを機内で広げたってこと？」

「はい」

「往生際が悪い」

少し思った。

「その方法なら可能かもしれませんね」

「へ？」

東子さんの言葉にマスターがプレーリードッグのようなキョトンとした顔をする。

「東子が認めたんなら千木良くんの説も強《あなが》ち見当違いでもないみたいね」

失礼と捉えるべきか光栄と捉えるべきか。

「光栄ですね」

千木良青年は光栄と捉えた。ホントは失礼と思っただろうけど店での先輩である東子さんに花を持たせて大人の対応をしたか。

「でも折りたたみのバッグなんてあるの？」

「技術のある人なら自分で作ることも可能でしょう」

「布製だったら意外と簡単そうね」

「衣類みたいに畳めば小さくなるでしょうし」

「そうやって大きなバッグを畳んで持ちこんで機内で広げた……。でも狭い機内よ。人がバッグの中に隠れたら誰かが気づくでしょう」

「たとえば機内で多くの人が注目するような出来事はなかったでしょうか？」

「ある事はありましたな」

植田刑事が東子さんに答えた。

「あったの？」

「ありました」

「どんな出来事？」

「客席を映す防犯カメラはありませんから、あくまでお客さんの証言を元にした情報ですが」

「優秀な日本警察のことですから複数のかたの証言を照らし合わせての情報でしょうね」

「仰るとおりです」

東子さんは、いつからお愛想を言うようになったのだろう？　いや東子さんがお愛想などとゆう下々《しもじも》のテクニックを使うはずがないから本心からそう思っての発言だろう。

「植田ちゃん、どんな出来事があったのよ」

「着陸寸前に一人急病人が出たのです」

「お客様の中にお医者様はいらっしゃいませんか？」

マスターが（おそらく）キャビンアテンダントの真似をしながらカウンターの中を歩き回っている。

「ちょうど機内の中程の席の乗客が苦しみだしまして」

「お客様の中にお坊様はいらっしゃいませんか？」

まだ死んだわけではない。

「で、お医者様はいたの？」

「残念ながら乗っていませんでした」

「じゃあ、その苦しみだしたお客さんは？」

「苦悶《くもん》の表情を浮かべながらも、なんとか耐えているうちに治まったようです」

「じゃあ自分の足で歩いて降りたの？」

「その通りです」

「決まり。その乗客が犯人。共犯者」

「ところが」

植田刑事はフッと溜息《ためいき》を漏らした。

「その人は大きなバッグを持って飛行機を降りたわけではありません。小さな手荷物一つでした」

「じゃあ、もう一人共犯者がいたんだね。ハッ。もしかして乗客全員が共犯者？」

「殺人鬼の共犯者がそんなにいないでしょ〜常識的に考えて」

「♪　常識っていうやつと」

「♪　おさらばしたときに」

マスターの脱線に山内が乗ってきた。脱線話に乗るのはいつものことだが歌を歌うのは初めて聞いた。

「♪　自由という名の　切符が手にはいる」

二人で合唱。山内は下手《へた》だ。だから今まで歌わなかったのか。

「何それ」

「カップヌードルの最初期のCMソング」

義務感に駆られるように僕が答える。ヤクドシトリオの二人が参加したのだから僕も参加しないわけにはいかないとゆう義務感。もちろん、そんな義務はないのだけれど。

「たとえ共犯者がいようといまいと、大きなバッグを持って飛行機を降りた乗客は誰もいないのです」

「防犯カメラの映像で確認？」

「そうゆう事です。防犯カメラによって人が入れるような大きなサイズのバッグを持って降りた乗客がいないことは確認されています」

「じゃあ今までの話は無駄だったんじゃない」

「無駄ではありません」

植田刑事が多少、慌て気味に応える。

「少なくともバッグ説がなくなったわけですから」

「可能性を一つ潰したわけか」

「でも、だったらどうして殺人鬼は消えたんだ？」

「怖いわ」

いるかちゃんが両腕で自分の軀を巻くように抱いた。

「まるで怪人みたい」

いるかちゃんの言わんとするところは何となく判る。

「それに殺人鬼が大手を振って街を歩いているんでしょう？」

「そうですね。そのことが何よりも怖い。犯人の山崎が野放しになってるなんて」

「はたしてそうでしょうか？」

千木良青年が呟くように言う。

「失言ですな」

口から吐く言葉がすべて失言のマスター。この発言も自分を打ち抜くことになるだろう。

「殺人鬼が野放しになっていることが怖くないと千木良青年は言う。普通は怖いでしょう？　もし怖くないとすれば、それはただ一つの場合しかありません」

「ただ一つ？」

愚かにも山内が反応してしまった。

「そう。言った本人が殺人鬼である場合ですよ！」

マスターが勢いをつけて千木良青年を指さした。チョー意外な犯人を指摘する名探偵モードになっている。怪人二十面相の変装を見破った明智小五郎《あけちこごろう》にでもなったつもりでいるのだろう。

「千木良くん。〝はたしてそうでしょうか？〟ってどうゆう意味？」

「山崎は野放しになっているわけではない、とゆう意味です」

「野放しになってなければ、どうなってるのさ〜。手放し？」

「もうこの世にいないとゆう事です」

「ええ？」

いるかちゃんが声をあげる。

「もうこの世にいない？」

植田刑事も興味津々といった体《てい》で尋ねる。

「はい」

「どうゆうこと？」

「どうやら名探偵同士、同じ結論に達したようですな」

「待って。いまジントニックのお代わりを作るから。じっくり千木良くんの説明を聞きましょ」

「この世にいない。つまり殺人鬼はその名前通り、本当の鬼だったのです」

マスターの言葉を無視して、いるかちゃんが千木良青年に「じゃあ説明してちょうだい」と促す。

「山崎は魔界から来た〝人を殺す鬼〟すなわち文字通り殺人鬼だったのです。比喩的な意味の殺人鬼ではなく種族としての殺人鬼」

少しマスターの話も聞いてみたくなった。SF的な設定としてはアリかもしれない。

「山崎氏は本当に殺人鬼だったのでしょうか？」

「やはり、あなたもそこに気がつきましたか」

マスターの一人芝居は続く。

「私も千木良青年と同様、山崎は殺人鬼に仕立てあげられていたと思っています」

「その通りです」

「え？」

言ったマスターが驚いている。マスターがテキトーに（もしかしたら無意識のうちに）ダラダラと喋《しゃべ》っていた妄想戯れ言に図らずも千木良青年が同意したので今さらながら焦っているのだろう。

「え？」

いるかちゃんも驚いている。たしかに千木良青年がマスターの妄想戯れ言に同意するとは驚きだ。これはいったい……？

「マスターの妄想戯れ言が図らずもまぐれ当たりしちゃったってこと？」

いるかちゃんまで〝妄想戯れ言〟という言葉を使っている。

「そのようですな」

マスターも認めた。

「千木良くん、説明してよ」

いるかちゃんの催促に千木良青年が頷いた。

「機内で騒ぎがあったと言いましたね？」

「ええ」

植田刑事が返事をする。

「その騒ぎがなければ人が一人消えるというトリックは成りたたなかったのではないでしょうか」

やっぱりトリックだったんだ。

「と言いますと？」

「九十六人乗った機内から降りてきたのは九十五人だった。そのことは防犯カメラから確かめられています。ならば何らかのトリックが使われたと考えるしかありません」

「具合が悪くなった人がいましたな」

「ほら！　やっぱり！　言ったでしょ。具合が悪くなった奴が犯人だって」

「どうゆうトリックを使ったってゆうの？」

「説明しましょう。そのときの状況を思いだしてください」

「一人、急病人が出たのよ」

「警察は、そのかたに事情聴取を行ったのでしょうか？」

「もちろんです。その結果、急病人は山崎とは全く接点がなかったことが確認されています」

「では、そのかたは山崎の仲間ではないとゆう事ですね」

「犯人は偶然、急病人を利用したってゆうの？」

「そんなあーた。そんな都合よく急病人が現れますか？　仲間に決まってますよ」

「警察が仲間じゃないって断定してるのよ」

「警察全体がグルだったとしたら？」

バーで呑気《のんき》に飲んでる場合じゃなくなってしまう。

「犯人によって急病にさせられたとしたら？」

「ハッ。犯人は魔導師？　人を病気にさせる術を会得《えとく》しているとゆう伝説の魔導師が今回の殺人鬼？」

「犯人によって？」

「はい」

「どうやって？」

「その人の飲み物の中に、なんらかの毒物を混入したんじゃないでしょうか？」

「その通りです」

反論することに疲れたのかマスターが迎合する。

「誰が？」

「犯人がです」

「犯人って山崎？」

「いいえ」

違う？　癪《しゃく》だけど驚いてしまった。

「山崎の他に真犯人がいるってゆうの？」

「その通りです」

「そんな馬鹿な」

植田刑事が思わず異議を唱える。

「もしもし」

植田刑事の意義に意を強くしたのかマスターが頓珍漢《とんちんかん》なことを言った新人ＯＬに呼びかける二年先輩ＯＬのような声を出す。常に「もしもし」と声をかけられるべき発言をしているのはマスター自身だが。

「殺人鬼は山崎自身なんですが」

植田刑事がマスターの発言に頷いている。

「ですが殺人鬼が別にいると考えない限り飛行機の中から山崎さんが消えた謎が解けないものですからね」

「これはこれは」

マスターが頓珍漢なことを言った子会社の社員にやんわりと注意を促す親会社の同期社員のような口調で言う。

「まるでトリックも犯人も判ったような口振りですな」

「はい」

「はいとは？」

「判りました」

「へ？」

マスターがお得意のプレーリードッグのようなキョトンとした顔をする。

「そんなあーた」

今度は噴きだしそうな顔。変幻自在だ。

「今まで話した内容だけでトリックと犯人を特定できるなんて、そんな事ができるのは名探偵だけ」

チラリと東子さんに目を遣るわざとらしい小芝居も続く。

「急病人のかたが坐っていらしたのは、どのあたりの席でしたか？」

千木良青年の追及が始まった。

「真ん中からやや後方の席です」

植田刑事が答える。

「具体的には？」

「二十三列ある座席の前から十八列目です」

「通路側ですか？」

「座席は一列ごとに横に七座席あります。前に向かって右側に二座席。左側に二座席。中央に三座席です。中央の席と左右の席の間には通路があります」

「とゆうことは通路は左右に二本？」

「そうです。その通路をＣＡが通って物品販売をしたり乗客がトイレに行ったりします」

「十八列目のどの座席に？」

「右の列の通路側です」

「通路側だと細工はしやすいですね」

「そうです。おまけに前後の席と通路を挟んだ左の席にも人が坐っていませんでしたから」

「お誂《あつら》え向きとゆうわけですか」

「一番やりやすい席の乗客を選んだとも言えますね」

「なるへそ」

いるかちゃんが昭和語を使うとは驚いた。歌舞伎クラスタであるいるかちゃんは元々古い言葉には強いけど。

「乗務員が急病人にかかりっきりになっている間に山崎は最後尾の座席で何らかの細工をしたってわけね？」

「そうです。乗客が搭乗するときにはＣＡは最後尾にはいませんし降りる寸前はその急病人の応対で中部座席の付近に移動していましたから」

「植田さん。急病人が出る前に何か変わった出来事はなかったでしょうか？」

傍証を積みあげようとしたのか千木良青年が訊く。

「変わった出来事……」

「どんな些細《ささい》なことでもかまいません」

千木良青年の方が刑事に見えてきた。

「そういえば……」

植田刑事がグラスをカウンターに置く。

「その急病人は異状を訴える前に席を立っています」

マスターがパチンと指を鳴らした。

「思いだしました」

お。マスター、久々に有意義な発言か。

「堀北真希の『ミス・パイロット』」

さっきのテレビ談義で思いだせなかった女性パイロットの話を今ごろ思いだしたのか。

「急病人自身が席を立っていたなんて何かありそうね」

話は何事もなかったかのように進む。

「やっぱりそいつもグルとゆう事ですかね」

「いえ。その急病人は山崎と接点がないことが確認されています」

「だったら関係ないのか」

「むしろその急病人が席を立った機を狙って犯人がその乗客の飲み物に毒物を入れたと考えればその乗客の具合が悪くなった理由が説明できます」

「その乗客が席を立ったときにその乗客の席に近づいた人はいませんか？」

「なるほどね」

「山崎、ですね」

「山崎本人が？」

僕は思わず訊いていた。意外だったからだ。

「山崎さんもグルだったんじゃないでしょうか」

「ポカ〜ン」

普段いちばん〝ポカ〜ン〟と言われるのが似つかわしいマスターだが今は少し気持ちが判った。

「山崎が主犯でその山崎に協力しているのがグルですぞ。もし協力している者がいればの話ですが」

ハードボイルドごっこはマスターの十八番《おはこ》だ。

「飛行機の中から人一人消すとゆう芸当のできる人物が殺人鬼なのですよ」

「だから！」

マスターが憤懣《ふんまん》やるかたないといった体で目を瞑《つぶ》って肩に力を入れる。

「その殺人鬼が山崎、なん、です、よ！」

意味不明の逆ギレもマスターの十八番だ。

「千木良さん。どうゆう意味ですか？」

「山崎さんは殺されたんです」

「だから！　……え？」

無意識のうちに逆ギレごっこを始めたマスターが途中で異様さに気づいたの図。

「山崎が殺された？」

「はい」

「誰に？」

「本当の殺人鬼にです」

「佐野元春《さのもとはる》の『スターダスト・キッズ』で　♪　本当の真実がつかめるまで　ってちょっと言葉が被《かぶ》ってない？」

「本当の殺人鬼とは？」

「山崎さんが本当の殺人鬼に殺害されたとすれば不可解な出来事は説明できるのです。植田さん」

「は、はい」

「急病人と山崎さんの他に不審な動きをした人はいなかったんですか？」

「そこは判りません。急病人騒ぎで、みんなその急病人に注目していましたからな」

「犯人の狙いもそこにあったのではないでしょうか？」

「どこ？　どこ？」

マスターがカウンターの中をキョロキョロと何かを探す仕草をする。

「その騒ぎに乗じて殺害するってこと？」

「はい」

「仮に千木良さんの言うような共犯者がいたとして、その共犯者はどのようなトリックを用いたのでしょうかな？」

「山崎さんを殺害したのです」

「殺害？」

「山崎を？」

「したのです？」

人によって驚きどころが違う。一人は的外れな驚きどころだが。

「山崎さんを殺害した……。それ自体がトリックだったのです」

「ちょっとなに言ってるか判んない」

サンドウィッチマンか。

「機内で殺害など、できないでしょう」

「あ、植田刑事がしゃれ言った」

マスターが子供のように喜んでいる。

「〝機内で〟と〝できないで〟」

マスターはニヤニヤした顔でみんなを見回しているが反応する人はいない。

「だからこそ騒動を起こしたのです。その騒動の隙《すき》に事を成そうとして」

「それにしたってあーた」

マスターの反論が少し判る。

「誰も注目していないことは確かよね。みんな急病人に注目しているんだから」

「犯人はその急病人騒ぎに乗じて具体的にはどのような行動をしたとお考えですか？」

植田刑事が核心に迫る。

「山崎さんをトイレに連れこんだんでしょう。そこで山崎さんを殺したのです」

それが何を意味するのか咄嗟《とっさ》に誰も判らなかったのかすぐに反応する者がいない。

「もしもし」

マスターを除いて。

「トイレで殺すなんて、かなり器用な人じゃないとできませんぞ」

ちょっとズレた抗議。

「殺害したって機内から消えるわけじゃないわよ」

いるかちゃんのまっとうな抗議。

みなは千木良青年の反論を待つ。

「トイレに捨てたらどうでしょう？」

マスターが「プッ」とわざとらしく噴きだすかと思ったら摘みを食べてるだけだった。エネルギーが足りなくなったのかもしれない。

「捨てられるわけないでしょ」

いるかちゃんのまっとうな反論が続く。

「そうですよ。人間をトイレに流せるわけないでしょう」

いるかちゃんの意見に力を得たのか山内も反撃に加わる。

「切ったらどうでしょう」

「そんなあーた」

マスターが夜の捜査会議に復活する。

「トイレを切ってどーすんですか」

復活しても意味がない。

「なるほど。その手がありましたか」

「え？　どーゆーこと？　あ、そーか。トイレを切って穴を大きくすればそこから人ひとりぐらい捨てられる！」

「軀を切断ね」

「軀を切断？」

マスターが素で驚いているところを見るとトイレを切る発言は冗談ではなく本気だったのか。

「躯を細かく切断すればトイレに流すことは可能ではありませんか？」

「たしかにその通りね」

いるかちゃんが肯定に転ずる。

「腕とか足なら切断すればなんとか流せそうだけど頭は無理じゃない？」

「頭も細かく切ったとか？」

「ぜったい無理でしょ」

よくみんな食べながら話せるものだ。

「人ひとりを消滅させるほど細かく切断するとなるとかなりの時間がかかると思いますな」

「経験上、何時間ぐらい？」

「経験はありませんが少なくとも一時間はかかりそうですな」

「植ちゃん。それぐらいの時間、機内のトイレを占有した人はいるの？」

「いません」

「じゃあ千木良くんの説は成りたたないんじゃない？」

「第一」

植田刑事が駄目押しにかかる。

「人間の躯をバラバラに切断したら大量の血が流れます。生臭《なまぐさ》い匂いもトイレに充満するでしょう」

「でしょうね」

「トイレの外にも血の臭《にお》いは漏れると思われますな」

「そうゆう報告はあったの？」

いるかちゃんが捜査会議における捜査本部長のような口調で植田刑事に訊く。

「ありませんでした」

植田刑事が部下のような口調で答える。この場は本当に夜の捜査会議と化している。

「血の臭いを消すための消臭剤を撒くにしても、かなり大量に撒かなければならないわよね」

「はい。その痕跡もありませんでした。消臭剤自体の匂いも大変なものになると思われますが、そんな痕跡はないし」

「そもそもスプレー缶は機内に持ちこめないわよね」

「その通りです」

「時間的余裕もないし、その痕跡もない」

「結論。機内での殺人は無理です」

「千木良説、崩壊」

千木良青年が頷く。

「たしかに機内で殺人を犯してその死体をバラバラに切断するのは無理なようですね」

ついに千木良青年が自説が成りたたないことを認めた。

「だけど殺人、切断が無理なら犯行自体が不可能ではありませんか？」

「そうなりますな」

捜査会議は重たい雰囲気に包まれた。

「出発空港から搭乗前に逃げたわけでもない。搭乗後に脱出したのでもない。降りた空港から脱出したわけでもない。また機内から飛び降りたわけでも殺されて捨てられたわけでもない」

「いったい山崎はどうやって機内から姿を消したんだ」

誰も応えない。

「手詰まりですな」

店内に溜息が漏れる。僕は東子さんに目を遣った。東子さんは澄ました顔でジントニックを口に運んでいる。

これは……。

余裕と見るべきなのか関心がないと見るべきなのか。気がつくと店内の全員が東子さんを見つめている。

「一つだけ方法があると思います」

ジントニックを口に含むと東子さんがおもむろに言った。

「望みは繋がった！」

謎が解明されるとゆう望み。やはりその鍵は東子さんが握っていた。

「一つだけ方法がある……」

「はい」

「それは？」

「山崎さんは義手だったのではないでしょうか？」

「義手？」

「はい。もしくは義足」

「その手があったか」

千木良青年が呟いた。

「その手は義手だった」

マスターがうまいことなのか意味のないことなのか微妙な言葉を吐く。

「義手だと、どうなります？」

「取り外して鞄《かばん》に入れる事ができます」

「取り外して……」

「真犯人は予め空《から》の鞄を持って搭乗したのではないでしょうか」

「ああ、でも……」

千木良青年が異論を挟もうとする。

「残念ながらその説は成りたちませんね」

東子さんに反論するとはいい度胸だ。さすがに推理百パーセントを豪語するだけある。

「どうしてでしょう？」

「義手には金属が使われています。ならば飛行機に搭乗する前の保安検査すなわち金属探知機に反応するはずです」

「なるほど」

山内がガッカリしたような口調で呟く。

「植田さん。金属探知機で義手または義足のかたが乗った形跡は？」

「ありませんでした」

「東子説崩壊」

「そうでしたか」

意外と諦めのいい東子さん。

「ところが」

植田さんが何かを言おうとしている。

「最近ANAが金属探知機に反応しない樹脂製の義足を開発しまして」

「え、そうなんですか？」

「はい。もし山崎がそのような義足、義手をつけていたのなら話は別です」

「義手、義足をつけていた可能性を排除できないってことね」

「そうなります」

「山崎って足を引きずるような歩き方をしていたのよね。だから凄腕の刑事が尾行を撒かれるのは考えにくいって言ってたもんね」

「そうですね」

「まだ義足が慣れていなかったから、ぎこちない歩き方になってたんじゃない？」

「あ」

可能性はある。

「しかし」

千木良青年がさらなる反論の構え。

「いくら金属探知機をすり抜けて機内に入って手足を取り外したとしても人ひとりの体積は変わりませんよ」

「そうよね。トランクに入れることは無理じゃない？」

「真犯人はバッグを二つ持っていたのではないでしょうか？」

「バッグを二つ……」

「二つのバッグに分けて入れれば入るのではないでしょうか？」

「それは入るでしょうが」

「植田刑事、そのような搭乗者はいましたかな？」

「いたと思います。もちろん女性が持つハンドバッグなど小さなバッグは除いての話ですが……」

「ボディの部分を入れる旅行鞄と手足を入れるショルダーバッグ。その二つの組み合わせといったところかしら？」

「そうだと思います」

「義眼だったということは考えられませんか？」

マスターの見当外れな茶々は無視。

「義眼ならハンドバッグにも入りますぞ」

「さっき言ったように布製のバッグを取りだしたら、さらに容量は大きくなりそうね」

「たしかに」

「そうゆう観点は警察も盲点だったんじゃない？」

植田刑事は答えない。いるかちゃんの言うとおり、そうゆう観点からは見逃していたのかもしれない。

「そうゆう人は何人ぐらいいたのかしら？　つまり該当するような二つのバッグを持っていた乗客は」

「それは……」

　植田刑事が記憶を辿《たど》る。

「一人ですね」

「一人？」

「そうです。今も言いましたようにハンドバッグなどは除いて義手、もしくは義足が入るようなセカンドバッグを持っていた人物となると一人だけです」

「それは確認していたんだ」

「渡辺みさと刑事が」

「決まりね。真犯人はその人物よ。その人物と山崎はいちばん奥の席に坐っていたのよね。最初から細工のしやすい席を選んでいたのよ。山崎が旅行に行くには軽装だったのも予めバッグに荷物がすべて収まるように計画していたからだわ」

　植田刑事が慌てた様子で立ちあがった。

「すみません。電話をかけてきます」

そう言い残すと店を出ていった。

「捜査本部に連絡に行ったのね」

「それとも巧妙な食い逃げか。今までの話がすべて食い逃げのための前振りだったとか」

「マスターじゃないんだから、そんな手の込んだ食い逃げの方法を採る人なんていないでしょ」

「あちきの域にまで達している人はそうはいないか」

一人もいないと思う。

「山崎は殺されたんじゃなくて生きたまま鞄に入ったってことですか？」

山内の問いに東子さんは「そうだと思います」と答えた。

「じゃあ真犯人と山崎はグル？」

「はい。二人は示し合わせていたのだと思います」

「それなのに二人は知りあいじゃないような振りをして隣りあわせに坐っていたのね」

「真犯人は、どうしてそんなことをしたんですかね？」

「容疑を確定させたかったのではないでしょうか？」

「容疑を確定？」

「はい」

「自分の？」

「山崎さんのです」

「あ」

いるかちゃんが声をあげる。

「警察が山崎をマークしているから、それに乗じて……。そのことを利用して」

「その通りです」

「そうか。飛行機の中から容疑者が派手に消えれば〝犯人が消えた〟ってゆう印象が強まるもんね」

「そして二度と見つからなければ事件は迷宮入りになる、か」

「二度と見つからない、などとゆう事がありますかね？」

千木良青年が呟く。

「真犯人である〝殺人鬼〟に殺されれば……」

千木良青年が恐ろしいことを言う。

「そうか。大量の人間を殺している殺人鬼からすれば充分にありえるわね」

「あるいは戸籍を変えて別人として生きるか……」

千木良青年は推測する。

「もともと山崎は根無し草のような奴らしいですからね。戸籍を変える事ぐらい、なんとも思ってないでしょう。叩《たた》けばホコリがいくらでも出るタイプの男とも聞きましたから、むしろ積極的に戸籍を変えたいかも」

「ホコリが出るような人間だから警察も容疑者として狙いを定めたんですかね」

「逆って事はない？」

「逆？」

「山崎が本当の犯人でバッグを持ってきて山崎を運んだ男はただの協力者とか」

「阪東さん。もちろんその可能性はあるでしょう。ただ義手、義足であるならば大量殺人を犯すのは難しいのではと考えたものですから」

「言われてみれば」

いるかちゃんも納得。

「つまり犯人はやっぱりバッグを持っていた男で山崎は利用されただけってことね」

「そのように思います」

「真犯人は捕まるでしょうかね？」

山内の問いに千木良青年が「用意周到にして大胆不敵な奴ですから難しいでしょうね」と答える。

「でも捕まえなければいけません」

東子さんはいつになく力強い口調で言った。

「殺人鬼が世間に野放しになっていてはいけないのです」

東子さんはそう言うとジントニックを飲みほした。

時効ですよ

僕はもう小説は書かない。

その事をみんなにどうやって告げるかをずっと考えている。僕が小説の執筆をやめると知ったら、みんなはどう思うだろう。

「どうしたの？　工藤ちゃん、そんな陰気くさい顔をして」

「地顔でしょう」

山内がいらぬ解説をする。

「でも何か言いたい事がありそう」

いるかちゃんが言った。鋭い。洞察力と観察力はかなりのものがある。それを気兼ねなく遠慮なく発言できるのも、いるかちゃんの強みだ。

「話してみなさいよ」

フランクさも鼻につくとゆうよりも、むしろ親しみを感じさせる。

「実は、もう小説を書くのをやめようと思ってるんだ」

「あ、そうなんだ」

いるかちゃんが軽く流して東子さんにグラスを差しだす。東子さんは軽く頭を下げてグラスを受けとる。

「それより事件の話をしようよ〜」

マスターによって完全に僕の断筆宣言は流された。

「事件といいますと?」

植田刑事が訊く。

「またまた〜。知ってるくせに。なかんずく、それを聞きたいがためにこの店に来たくせに〜」

〝なかんずく〟の使いかたが間違ってる気がする。〝なかんずく〟とは本来は〝なかんづく〟と表記されていた言葉で〝多くの中から特に〟〝とりわけ〟ほどの意味だ。漢字では〝就中〟と書く。

「もしかして、あの事件のことでしょうか?」

東子さんが言った。ギョッとした。みんなもギョッとしているだろう。東子さんが自分から積極的に〝あの事件〟と事件を特定してくるのは初めての事だからだ。

「残念ながら違います」

みんなが驚いているときには一人冷静なマスター。

「あの事件はすでに解決済みでして」

「そうなのですか？」

「はい。犯人はここにいる工藤ちゃんと山ちゃんでした」

今さら過去の話を蒸し返してどうする。微妙な雰囲気になっちゃったし。

「東子が言っているのは、あの事件のことじゃない？」

こんな時に頼りになる、いるかちゃん。

「どの事件ですか？」

山内が訊く。

「アイドルの淫行事件」

「そっちか！」

マスターが大仰《おおぎよう》に悔しがる。

「残念ながら違います」

いるかちゃんの予想も違った。とゆうより、いるかちゃんはマスターが振りまいた宝石泥棒の話題を回避してくれようとしただけなので当てるつもりは最初からなかったのだろう。

「ではどの事件で？」

「資産家のご令嬢が行方不明になった事件です」

誰もが一瞬〝資産家のご令嬢は自分じゃないか〟と思ったはずだ。そのせいだろう、誰もが反応に遅れている。

「サザンカのお礼状？」

マスターは単に聞き間違えている。

「マスター。東子はお金持ちのお嬢さんが行方不明になった事件のことを言ってるのよ」

「ああ、あの事件ですか」

「ご存じですか？」

「もちろんです」

「表沙汰にはなっていない事件なのですが」

「え？」

「よくお判りになりましたね」

「勘は人一倍よい方ですので」

マスターのこめかみに汗が流れる。勘は誰よりも鈍いの誤りだろう。

「最近の事件で娘さんが行方不明になったといえばあの事件しかないですからな」

「二十五年前の事件なのです」

「二十五年前？」

いるかちゃんが驚く。

「マスター。最近の事件じゃないじゃん」

いるかちゃんの指摘に蒼ざめるマスター。

「あの、あちきの感覚では〝最近〟は二十五年前までが範疇でして」

マスターの言葉は誰も本気で聞いていないので取り繕う必要もないのだが。

「二十五年前の資産家令嬢行方不明事件と言えば……」

植田刑事が呟く。おそらく心当たりがあるのだろう。

「でも、どうして二十五年前の事件を？」

「たまたま興味を持ったものですから」

「珍しいわね。東子はテレビも観ないし週刊誌も読まないし……。どこで仕入れた情報？」

「父の知人のかたが、わたくしの家を訪ねられて夕飯をご一緒したのですけれど、そのかたが話してくれたのです」

「まさか」

植田刑事が笑いながら東子さんの話を否定した。

「その事件のことを関係者以外で知っているのは今では警視総監ぐらいですよ」

植田刑事は東子さんの言う〝二十五年前の資産家令嬢行方不明事件〟を完全に特定しているようだ。

「知人のかたは警視総監のかたでした」

植田刑事が口を開けて閉じることを忘れている。東子さんの家ならあり得る。そのことに気がついたのだろう。

「そそそうでしたか」

今まで自分が締めあげていた怪しげなルポライターが実は刑事局長の弟だと知ったときの地方警察署署長のように慌てている。東子さんはそんな植田刑事の慌て振りに頓着せずに澄ました顔でダイキリを飲んでいる。ダイキリはラム酒ベースのカクテルだ。

ベースとなるラムはサトウキビから造られたスピリッツ（蒸留酒）。

同じサトウキビが原料の黒糖焼酎とあまり変わらないとも言える。ラム酒は木樽《きだる》熟成を行うのが基本だが黒糖焼酎は木樽熟成を行わないものが多いなどの細かい違いはあるにせよ。

ラム酒はアルコール度数が高いから腐りにくく、かつては海賊の酒と呼ばれていた。また長旅による野菜不足からくるビタミンC欠乏を補う効果があると信じられていたため十八世紀にはイギリス海兵隊の御用酒として認定されている。

シェーカーにバカルディ・ホワイト・ラム、フレッシュライムジュース、カリブ・シロップと氷を入れてシェークする。それをカクテルグラスに注いでグラスのエッジにスライス・ライムを添える。いるかちゃんの動作を逐一観察していた結果、どうやらダイキリはそうやって作るようだ。もちろん、いろんなバリエーションがあるのだろうけど。できあがった白い液体がオシャレだ。

「行方不明になったお嬢様の親御様はアパートやマンションをいくつもご経営なさっていらっしゃるのですが警視総監さんのお知りあいのかたが、そのマンションの中のお一つにお住まいになっていたとゆうお話でした」

「それで警視総監が話題に上らせたのね」

「やはりその事件でしたか」

「植ちゃんもその事件を知っているような口振りね」

一瞬〝植ちゃん〟が誰のことか判らなかった。

「そうですね」

千木良青年がいるかちゃんの言葉を受ける。

「〝関係者以外で知っているのは今では警視総監ぐらい〟とゆうことを知っている植田さんはその関係者だったのですか？」

「それは……」

「言っちゃいなさいよ。警視総監だって東子の家でしゃべってるのよ」

「固有名詞は仰っていただけませんでしたけれど」

「当然よね……。って、ちょっと待って。もしかして警視総監は東子の推理力を当てにして……」

わざわざ桜川家に出向いて東子さんの意見を参考にしようとした……。まさかとは思うけど東子さんならありえない話ではない。

「植ちゃんはその事件と関わりがあるのよね？」

「実はそうなんです」

「やはり、そうでいらっしゃいましたか」

「東子はそのことを知っていたの？」

「知りませんでした。ただ警視総監さんのお話から、もしかしたら植田さんが関わっていた事件ではなかったかと感じたものですから」

「どうしてそう思ったわけ？」

「事件が起きた年代や場所、それに植田さんのお歳《とし》、ご経歴などから類推して……」

「すごい」

警視総監がそれとなく匂わせたのかもしれない。そうだとしても、そしてそのことを東子さんが気づいたとしても言わないだろうけど。警視総監は言いふらしてもらいたくないと東子さんは思うだろうから。

「植ちゃんはその事件と、どうゆうふうに関わっていたわけ？」

それが聞きたい。

「ちょっと待って。お摘みを出すから」

そう言うといるかちゃんは皆の前にそれぞれ小皿を出してゆく。

「ドライフルーツとナッツの盛りあわせよ。適当に摘んで」

「おいしそうですね」

山内は注文を訊かれなかった事には何の疑問も抱いていないようだ。

「お酒のお代わりは？」

山内と千木良青年が手を挙げた。東子さん以外はみなラム酒をロックで飲んでいる。

「で、話の続きだけど」

摘みと酒のお代わりを提供し終えるといるかちゃんは植田刑事に話を促す。

「植ちゃんは事件とどう関わっていたのよ？」

「当時、私は交番勤務の制服警官でした」

「植ちゃんにも、そんな時代があったのね」

マスターがハミングでBGMのメロディを奏でる。中島《なかじま》みゆき。

「そんなとき永谷伸治《ながたにしんじ》さんから捜索願が出されたんですよ」

「ですよ」

マスターが変なイントネーションとポーズをつけながら植田刑事の語尾だけ復唱する。

おそらく昔『エンタの神様』に出ていたお笑い芸人の真似をしているのだろう。

「永谷伸治ってもちろん仮名よね？」

「もも勿論です」

みなが無言で植田刑事を見る。

「字は？」

「ええと……。永久の永に谷、伸治は……ええ……伸びるに治めるです」

本名は長谷新次かもしれない。

「仮名が永谷伸治ね。了解。それが娘の捜索願を出した資産家ね？」

「厳密に言うと資産家の亭主でして」

「奥さんが資産家か」

「そうなんです」

「奥さんはどうして資産を持ってたのかしら？」

「奥さんの名前は永谷博子《ひろこ》とゆうんですが、いわゆる土地持ちでして」

「地主さんか」

「そうなんです」

「いいわねえ。苦労もなく親がお金持ち、土地持ちだから楽できる人って」

普段は如才なく明るいいるかちゃんがポロリと漏らす本音……なのだろう。いるかちゃんが本音を漏らすのは珍しい。

「実家の太い人には負けたくないわ」

まだ続けてるし。よっぽど苦労したのだろうか。だからこそ如才なさを身につけたのだろうか。いるかちゃんの人生もちょっと知りたくなってきた。

「たしかに永谷博子さんは親から譲り受けた三棟のアパート、マンションを経営していて、その家賃収入で暮らしていたんです」

「ご主人の永谷伸治さんは？」

「妻の博子はアパート、マンション経営を法人形式で行っていまして、その会社の経理を担当していました」

「奥さんに頼りきっていたんだ」

「もともと伸治は不動産会社の営業職に就いていたんです」

「あ、そこで博子と出会ったんだ」

「そうゆう事です」

勘のいいいるかちゃん。

「もともと博子は人づきあいのいいタイプじゃないんです」

「詳しいわね」

「あ、いえ」

慌てる事はない。刑事なんだからいろいろな情報を持っていてもおかしくない。

「アパート経営だから自宅でできるもんね」

「そうなんです。実際にあまり家から出ない人で」

「だから知りあうとしたら自宅に営業に来た営業マン」

「それが伸治でした……」

「うまい事やったわね」

どっちの事を言ってるのだろう？

「博子に見初《みそ》められた伸治は結婚と同時に会社を辞めて博子の会社の経理に就任したとゆうわけでして」

「抜かりないわね」

伸治の事を言っていたのか。いるかちゃんは伸治の事例を何らかの参考にするつもりなのだろうか。

「娘のみはねも」

「みはね……いい名前ね」

いるかちゃんが間を取った後に植田刑事は話を続ける。

「みはねも人づきあいが悪くて出歩くタイプじゃありませんでしたから父親としては似たタイプの博子に共感したのかもしれません」

「余計な分析はいいわ」

今度は手厳しいいるかちゃん。

「それよりその資産家一家……永谷家は植ちゃんの勤務地に住んでたのね？」

「そうなんです。世田谷区梅丘《うめがおか》です」

いるかちゃんがメモを取る。捜査資料でも作成するつもりなのだろうか。

「それで巡回パトロールで家庭訪問をしているときに、たまたまその家を訪ねたんです」

「タワーマンションかなんか？」

「タワーマンションって言うんでしょうかねえ。とにかく高級マンションでした」

「高級マンションも回るんだ」

「当然です。留守なら郵便受けにパトロールカードを入れて帰ります」

「永谷伸治さんは留守じゃなかったの？」

「在宅していました。永谷伸治さんが一人で家にいたと記憶しています」

「その家が捜索願を出した永谷伸治さんの家だってことは知ってたの？」

「知っていました。交番にも捜索願の連絡が来ましたから」

「なるほどね。そうゆう家にも巡回するんだ」

「分け隔てなく巡回します」

「でも事件の渦中にある家を巡回することになって緊張したでしょう」

「そりゃあもう」

「でも二十五年も前の話ですよね？　よく覚えていましたね。新聞やテレビのニュースにもならなかったような案件じゃないですか？」

千木良青年が問うと植田刑事は「実は印象に残ることがありまして」と答えた。

「それは？」

いるかちゃんが阿川佐和子のようにうまく話を聞きだしている。

「部屋の中の壁に血痕があるのを見たんですよ」

「ケッコンって血の痕？」

「その血痕です」

「大変な事じゃないの」

「正確に言えば血痕の跡と言いますか……」

「血痕痕ですな」

マスターがうまいような、くだらないような事を言う。

「どうゆうこと？」

「かなり色が薄くなってたんですよ。日にちが経って薄くなってたのか」

「部屋の中に血痕があったら住んでる人は拭きとるでしょう」

「それで薄くなったんですかね」

「拭きとったけど完全には拭きとれなくて残ってたって事かしら？」

「そうかもしれません。うっすらと残ってましたからね」

「壁の色は？」

「白です。白いモルタルの壁だったと思います」

「白だったら血痕は目立つわよね。どんなに拭きとってもしばらくは痕が残っちゃうかもしれないわね」

「でも本当に血痕だったんでしょうかね？　ただの壁のシミとか」

山内が疑義を呈する。

「私は警察官になってから何度か血痕を見た事があったんですよ」

「殺人事件で？」

「いえ。酔っぱらいの喧嘩などで」

「なんだ」

マスターが舌打ちする。そんなに殺人事件を期待していたのだろうか。

「飲み屋の壁についた血痕も見た事があるんですよ。その血痕も日にちが経って薄くなっていました」

「その血痕と似ていたの？」

「そうなんです。その私の経験からすると永谷家の壁に付着していたものは血痕で間違いないかと」

「証拠として採用するわ」

いるかちゃんは裁判官の役割もこなす。

「でも」

千木良青年が異を唱えるのか？

「たとえそれが血痕であったとしても大きさも問題になるんじゃありませんか？」

「あ、そーか。紙で手を切ったりする事あるもんね。チラシを整理していて手を切っちゃったりとか」

「ええ」

「どれくらいの大きさの血痕を見たの？」

「かなり大きなものでした。といっても二十五年前ですし記憶が肥大している可能性もありますが」

「見た瞬間〝大きい〟と思ったのね？」

「そうですね。その印象を未だに持ち続けています」

「具体的な面積でゆうと、どれくらいですか？」

千木良青年が訊く。

「今も言ったように記憶が変化している可能性もありますが、だいたい長さ二十センチ、幅が七、八センチといったところですか」

「かなり大きいわね。家の中にあったとしたら」

「だから目についたんですよ。かすり傷程度だったら、そんなに血は出ませんからね」

「血痕のことを相手……永谷伸治さんには尋ねたんですか？」

「勿論です」

「永谷伸治さんは何と？」

「訪ねてきた知人が料理をしてくれて、その時に誤って指を切ってしまったと」

「植田さんが血痕を見たのはキッチンだったんですか？」

「いえ。玄関先です。台所で指を切って洗面所に向かう途中で血が溢《あふ》れでたとゆう説明でした」

「洗面所は玄関の近くにあるのね？」

「そうゆう事です」

「その説明で引きさがったんだ」

「仕方ないでしょう。嘘をついているなんて夢にも思わなかったんですから」

「そこがあなたの限界ですな」

誰もマスターには言われたくないだろう。まったくの部外者であるマスターには。

「先輩警官も同行していましたが何も言いませんでしたし」

「先輩のせいにした」

ちょっと思った。実際には見過ごすことはあり得るかもしれない。そこでさらに血痕を追及するような鋭い人もいるだろうけど納得して引きさがる場合も多々あるんじゃないだろうか。

「でも事件の渦中にある家でしょ？」

「事件と言いますか……最初は単なる家出と捉えていましたので」

「また言い訳した」

「面目ありません。しかし失踪したのは二十五歳の女性です」

「二十五歳ね」

またメモするいるかちゃん。

「その歳ですと一人で姿を晦ませて一人で生活してゆくことも充分に可能なわけでして」

「みはねは働いてたの？」

「ええ。保険会社の営業社員でした」

「離れた土地でもやっていけそうね」

「そんなわけで重大犯罪を多く抱えている警察は娘の失踪をあまり重く捉えてはいなかったとゆうのが実情かと」

「その家を訪ねたのは捜索願が出てから何日目だったんですか？」

千木良青年が聞きこみに入る。

「捜索願が出た翌日です」

「ホットな巡回でしたな」

「血痕よりも、むしろ失踪の方が気になりまして」

「言い訳ばかりですな」

マスターが強調しなければ植田刑事の言い訳もさほど目立たないような気もするけど。

「言い訳なんて良いわけないですぞ」

「あ、でも事件性があるかどうかって、みはねの預金通帳を見れば判るんじゃない？」

「といいますと？」

山内が訊く。

「自分の意思で姿を晦ませたんなら自分の預金を下ろしてるんじゃない？」

「なるほど」

山内は相槌《あいづち》を打つと答えを促すように植田刑事に顔を向ける。

「みはねは銀行に約三十二万円を超える預金がありましたが下ろしていませんでした」

「じゃあ事件性あり？」

「今から思うと、そうかもしれません」

「いずれにしろ失踪したお嬢さんは見つからなかったのよね？」

「そうなりますね。私もその後は管轄が変わって、その捜索願のことは忘れていました」

「実際にも失踪者は見つからなくてその失踪事件……事件と言えるかどうかは判らないけど未解決のままなのよね」

「コールドケース……」

千木良青年が呟く。マスターが背後にあるビールを冷やしているケースを振りむいて見る。

「コールドケースって過去に迷宮入りした事件のことよね」

「ざっくり言えば、そうゆう事になりますな」

「失踪ってことは本人の意思による場合もあるけど何らかの犯罪に巻きこまれた可能性もあるわけよね」

「そうなのです」

「特に自宅に血痕があったわけですからね。事件の可能性は高い」

事件にことさら敏感な千木良青年が詰める。

「でも、もし何らかの犯罪に巻きこまれたとしても時効になってるんじゃない？　殺人罪の時効って二十五年よね？」

「殺人事件の時効は撤廃されたはずですよ」

山内の言葉にマスターが「プッ」と噴きだした。

「んなわけないでしょう」

「撤廃されました」

みながマスターを見る。

「あちきが噴きだしたのもそうゆう意味なんでさ、旦那」

誰に向かって言ってるのだ？

「自分の考えと同じ考えに接したときにプッと噴きだすのがあちきの癖なんで。右、相違ありません」

口調が違ってきているが。

「そうなのですか？」

推理力は誰よりもあるけれど世情に疎い深窓の令嬢の東子さん。

「そうなんです。お嬢様」

今度は執事になるマスター。カズオ・イシグロの小説でも読んだのだろうか。

「殺人罪に関する時効は二〇一〇年に廃止されました」

「もう十年近くも前ですね」

「二〇一〇年以前に犯した殺人に対する罪は？」

「殺人を犯した者は、たとえその犯罪が時効制度が廃止される二〇一〇年より前のものであっても捜査や起訴の対象となります」

「逃れる事はできないのね」

「その通りです」

「じゃあ二〇一〇年にすでに時効を迎えている犯罪に関しては？」

「その場合は時効が成立します」

少し空気が淀んだ。

時効には民事の時効と刑事の時効とがある。民事とは借金を返済しなかった場合の時効などだ。刑事の時効は公訴時効と言い、犯罪が起きた後に一定期間が経つと検察官の公訴（起訴）ができなくなる制度のことだ。

二〇一〇年に廃止または時効期間の延期となったのは公訴時効……それも人を死亡させた犯罪に関してである。

そもそも時効が何のためにあるかとゆうと第一に年月が経つと犯罪の立証が難しくなる点が挙げられる。たとえ立証が難しかろうと罪人を野放しにして良いわけがないが年月が経っての捜査は冤罪《えんざい》を生む危険性も高まるとも予測されるのだ。当然、冤罪はあってはならない。

また限度なく捜査を続けることは捜査資料の保管場所の確保など実質的に困難であることが挙げられる。

その他の理由として時間の経過に伴い犯人に対する社会一般の処罰感情が薄れる、あるいは犯人が処罰されずに暮らしてきた過程で築いた生活を尊重する必要があるとゆう理由も挙げられるが僕はその二点に関しては刑事時代に納得できなかった記憶がある。

またそれらの相応の理由によって制定された公訴時効がなぜ廃止になったのかとゆうと、いくら年月が経とうが身内を殺された被害者遺族の処罰感情が薄らぐことはないとゆう点が大きい。また殺人犯が野放しになって、のうのうと暮らしているとゆう事実に対する世間一般の感情や考えかたも影響しているだろう。

なお日本弁護士連合会は公訴時効の廃止に反対してきた。公訴時効を廃止すれば証拠の散逸によって被告人の防御権行使が困難になるなどの理由からだ。

「刑事物のドラマなんかで未だに時効がある前提のやつない？」

「廃止直後にはあったような気がしますね。今はさすがにないと思いますが」

「逆探知のシーンは未だにありますね」

「誘拐犯の発信元を突きとめるために会話を引きのばすシーンね」

「駄目なの？」

「今は発信から着信先までデジタル交換機ですから相手がどの電話からかけてきたのか一秒以下で判ります」

「そうなんだ」

「もちろん発信元が判りますからその場所に警官を派遣させるために会話を引きのばす手もありますが」

「少なくとも発信元を突きとめるための会話引きのばしはないのね」

「そうゆう事です」

「女性警官のことを未だに婦警って呼んでたり」

「ちょっと前まであったわよね」

いるかちゃんもけっこう刑事ドラマを観ている。

「プロ野球のことを未だに職業野球って言ったり」

そんなドラマは見たことないが。

「プロ野球中継は最近、少なくなりましたね」

「ですね。以前はゴールデンタイムは必ずプロ野球中継がありました」

「巨人戦ね」

「そういえば最近はないわね」

「視聴率が取りにくくなったのかな」

「視聴率といえばドラマの視聴率も下がってますね」

「若者の娯楽が多様化してますからね」

「老人の娯楽は多様化してないの？」

「老人は相変わらずプロ野球とドラマしかありません」

そんな事もないと思うが。

「若い人はスポーツ観戦もするでしょうがゲームやネットの世界が広がりました」

「老人は新しい娯楽についていけない面はあるかもね。ハードの扱いが難しかったり」

「録画もできないお年寄りがいるそうです」

伝聞なのでコメントのしようがない。

「システム自体にも、ついていけなかったり」

「ネットに親しんでいてもユーチューバーの作品に疎かったり」

「小学生の憧れの職業にユーチューバーが入る世の中ですからね」

「時代は変わった」

「ヒット曲もボカロの中から生まれたり」

いるかちゃんの言葉にマスターが「ボカロ？　何それ」と騒ぐ。

「ヤマハが開発した音声合成技術であるボーカロイドの略よ。さらに言うとボーカロイドはボーカルアンドロイドの略。メロディと歌詞を入力すればサンプリングされた人の声を元にした歌声を合成することができるの。この技術を使えば誰でもネットに自分の歌をアップできるのよ」

「初音《はつね》ミクとか？」

山内が訊く。

「そうそう。他にもボカロを使った曲がユーザーによって大量にアップされてるわ。そうゆうユーザーはボカロPって呼ばれてるの。Pはプロデューサーのpね」

「そんなボカロから多くの人に愛されるヒット曲が生まれましたね」

いるかちゃん同様、古い感性の持ち主かと勝手に思っていた千木良青年も把握していたか。

「生身の歌声で育った世代からすると少し寂しい気もしますが」

「愛と哀しみのボカロ」

山内とマスターの連係プレイ。

「生身の歌声を聴きたいんなら聴けばいいんだから不自由はしないでしょ」

「OK」

いるかちゃんの言葉にマスターが了解。

「最近は流行のサイクルも早いからボカロがいつ廃《すた》れてもおかしくはありませんがね！」

マスターが一矢《いっし》報いたつもり。

「だいたい最近の若い人はCDも買わないらしいわ」

「若者のCD離れか」

「最近〝若者の〜離れ〟って多くない？」

「多いね。〝若者の乳離れ〟とか」

遅すぎるだろ。ちなみにマスターは〝乳離れ〟を〝ちちばなれ〟じゃなくて〝ちばなれ〟と正確に発音したのはさすが年の功だ。

「〝若者の車離れ〟が最初に言われたんじゃなかったかしら」

「最近の若者は生まれたときから物が溢れてますからね。かえって物欲がなくなっちゃったんでしょうな」

「言えてますね。菓子パン一つとっても私たちの若い頃はメロンパンとジャムパン、チョコレートパンの三つしかなかったけど、今はコンビニを覗《のぞ》けば無数にあります」

数は誇張されているとしてもだいたい合ってる。

「お金がない事もあるのよ」

「お金？」

「そうよ。今の若者は昔の若者よりもお金を持ってないんじゃないかしら。だから物が買えない」

「そうゆう面もあるでしょうね。ＣＤも高いですからね」

「あたしがさっき言った〝若者はＣＤも買わない〟って言うのはそうゆう意味じゃないのよ」

「え、裏の意味が？　縦読み？」

「今の人は欲しい曲があったらネット経由で手に入れるの」

「どーゆーこと？」

「ネットで購入してダウンロードしたり」

「仲間由紀恵《なかまゆきえ》！」

仲間由紀恵が若い頃に〝仲間由紀恵　ｗｉｔｈ　ダウンローズ〟として出したＣＤ『恋のダウンロード』のことを知っている人はどのくらいいるのだろう。仲間由紀恵　ｗｉｔｈ　ダウンローズは二曲目を出してすぐに解散してしまったし。

「ユーチューブとかの動画共有サイトを利用したり定額制音楽ストリーミングサービスも増えてるわよね」

「それは？」

マスターがハードボイルド小説の探偵役のような雰囲気を出しながら尋ねる。実際はただの無知をさらけだしただけだけど。

「聞きたいですね」

山内も知らなかったか。

「簡単に言えば毎月、決まった金額を払えば好きなだけ音楽が聴けるサービスよ」

「なんだ、ただの聴き放題じゃん」

そう言ってしまえばそれまでだが。

「年配の人はやり方が判らない人もいるらしいわね」

「そんな人がいるんだ」

自分は存在自体も知らなかったくせに。

「ドラマだってそうよね。最近はダウンロードして観たり」

「ハハハ。さすがに、それはないでしょう」

いつの時代に生きてるんだ。

「配信されたドラマを買って観るのは普通よ」

「〝普通〟の定義にもよりますな」

とりあえず今は細かいことはいい。

「どんなところがドラマの配信をやってるんですか？」

今は山内の方が知識欲があるようだ。

「ネトフリとかフールーとかアマゾンプライムとか」

「日本語で言ってよ～」

気持ちは判る。

「音楽をネット経由で購入するのと同じ。ドラマや映画をネット経由で購入するの。つまり動画配信サービス。その最大手がネトフリすなわちネットフリックスよ」

「なるほど。説明されても判らない」

マスターは無視した方が良さそうだ。

ネトフリは一九九七年にＤＶＤ郵送レンタル業として始まった会社だが二〇〇七年に動

画配信分野に参入してから急成長した。急成長した要因の一つに顧客の好みの徹底したリサーチを元に積みあげて分析したデータがある。その方法も、かつては年齢や性別も参照していたが二〇一〇年に参照をやめた。ヒーローものが好きな高齢の女性もいるしファッションのドキュメンタリーを好きな男性もいることに気がついたからだ。

「老人たちが新しいシステムについていけない面もあるでしょうが逆にすでに充分な娯楽を持っているから今さら新しい娯楽に手を出す必要性を感じてない面もあるかと」

山内が一矢報いたか。

「それはあるかもね」

「新しいものから逃げていては成長もありませんぞ」

昭和の固まりのようなマスターから言われたくはないだろう。

「年齢的に成長する余地もナシ」

山内は手厳しい。

「生物的に成長する必要もナシ」

いるかちゃんはもっと手厳しかった。

「だからテレビを観ているのは年配者中心。若い人がテレビを観なくなった分、視聴率も昔ほど高くない」

「てゆーか、かなり落ちましたね」

「たまに『半沢直樹《はんざわなおき》』みたいなお化け番組も出るけどね」

二〇一三年にＴＢＳで放送された池井戸《いけいど》潤《じゅん》原作の銀行を舞台にした経済ドラマ。主演は堺雅人。最終話の視聴率は四十二・二パーセントを記録。香川照之《かがわてるゆき》ら脇を固める俳優たちの顔芸とも言うべき熱演や堺雅人の決めゼリフである「倍返しだ」も話題になった。

「昔はお化け番組の目白押しでしたね」

「そう。『オバケのＱ太郎』とか」

そうゆう意味ではない。

「『ありがとう』なんて視聴率三十パーセントを超えてたのよね」

「『時間ですよ』とか」

シーズン２でデビューした天地真理《あまちまり》が、あっとゆう間に国民的アイドルになった過程は以前この店で話した。

「毎週、大量の女性の裸が映ったドラマでしたね」

「女性の裸？」

「女風呂の脱衣所や浴場が映るんです。そこで胸も隠さずにモロに映ってました」

「嘘でしょ」

「それがホントでやんすよ旦那」

いるかちゃんは旦那ではないが。

「今だと考えられないけどドラマではベッドシーンとかヌードシーンが普通にありましたからね。『傷だらけの天使』の第一回では真屋順子《まやじゅんこ》さんのヌードシーンがありました」

「いい時代でした」

「子供も観てたの？」

「モチのロンでさ。あちきら子供でしたから」

「だからそんな大人に……」

今日のいるかちゃんは手厳しさを一段と増している。

「その延長線上にトレンディドラマは誕生しました」

延長線上かどうかは知らないが『時間ですよ』などの水曜ドラマが一段落した後に出てきたとは思う。

「バブルの頃と重なるのかしら？」

「そうなりまさあね」

「織田裕二《おだゆうじ》がブイブイ言わせてた頃ね」

「事件は現場で起こってるんじゃない！」

それはトレンディドラマじゃないけど。おまけにセリフを間違えて真逆《まぎやく》の意味になっちゃってるし。

「トレンディドラマ……」

植田刑事がその言葉の意味を思いだそうとするかのように呟く。

「トレンディって最先端の流行を意味する英語よね」

いるかちゃんは英語の成績は良かったみたいだ。

「ドラマで使われる場合には〝最先端の流行を取りいれたオシャレな雰囲気のドラマ〟ってところでしょうかね」

山内が解説役を買って出る。そろそろ自分の存在感を主張したくなったのだろうか。トレンディドラマとゆう言葉は一九九〇年前後の恋愛ドラマを指して使われた。その当時、人気のあったインテリアデザイナーやディレクターなどのカタカナで表記される職業の主人公が多かった印象がある。

「懐かしいな。浅野《あさの》ゆう子や浅野温子《あつこ》」

「W浅野！」

マスターがまたおかしな事を言ったのかと思ったら合ってた。

「中山美穂《なかやまみほ》に山口智子《やまぐちともこ》！」

山内も熱が籠もってきた。

「石田純一《いしだじゅんいち》に三上博史《みかみひろし》に柳葉敏郎《やなぎばとしろう》！」

「江口洋介《えぐちようすけ》も忘れてはなりませんぞ」

なんだか僕も熱くなってきた。

「一九八八年の『君の瞳をタイホする！』からトレンディドラマブームが盛りあがった気がしますね」

山内が言うと僕もすかさず「陣内孝則《じんないたかのり》と浅野ゆう子ね」と応える。

「同じ年にW浅野の『抱きしめたい！』」

「あちきが熱心に観てたのは一九九〇年の『想い出にかわるまで』」

「今井美樹《いまいみき》と石田純一、松下由樹《まつしたゆき》」

「一九九一年には、ついに『東京ラブストーリー』」

鈴木保奈美《すずきほなみ》と織田裕二」

「東子お嬢様。もしこのドラマで流行ったセリフをご存じなら教えていただけないでしょうか？」

「寡聞にして存じあげません」

「同じ年には、ついに『101回目のプロポーズ』」

二回目の〝ついに〟。

「一九九二年の『愛という名のもとに』も忘れがたい」

鈴木保奈美と唐沢寿明《からさわとしあき》。

「そして一九九三年についに『あすなろ白書』！」

三度目の〝ついに〟。

「石田《いしだ》ひかりと筒井道隆《つついみちたか》に西島秀俊《にしじまひでとし》。主題歌は大ヒットした藤井《ふじい》フミヤの『TRUE　LOVE』」

「キムタクも出てたって聞いたわ」

「キムタクのことをキムタクって言ったらキムタクに怒られるぞ。キムタクは自分のことをキムタクって呼ぶ人を仲間だと思わないって言ってたらしいから」

多数のツッコミどころあり。まず思いつくのは自分が一番キムタクって言ってること。前提として知りあいでもないし本人が聞くわけもない飲み屋での会話でこだわる必要もないこと。話が脱線していること。

「キムタクって驚異的な視聴率を叩きだしてきた主演スターよね」

気にしない、いるかちゃん。

「最初に観たのは、やっぱり『あすなろ白書』でしたかね」

「山ちゃんもあれ観てたんだ」

「当時の人は全員、観てましたから」

全員ではないと思うが。

「主役以外のキムタクって想像できない」

マスターがいるかちゃんに目で妙な合図を送っている。おそらく〝またキムタクって言った。怒られるぞ〟だと想像。終わった話題を一人だけ引っぱり続けるマスターだから。

「当時、主題歌を歌っていた藤井フミヤが『徹子の部屋』に出て黒柳《くろやなぎ》徹子から〝いま若い女性に大人気〟って紹介されたらフミヤが〝今は僕より木村拓哉くんの方が人気があるんですよ〟って答えてた」

「そこから月9と共にキムタクの快進撃も始まる」

「トレンディドラマの延長線上に月9があるのかしら？」

「同じ流れの中にあるんでしょうね。月9ブームの火つけ役となったのが『東京ラブストーリー』ですから」

「『101回目のプロポーズ』も月9」

そうだった。視聴率三十六・七パーセントを記録。『ひとつ屋根の下』はフジテレビの連ドラ史上最高の三十七・八パーセント。

「キムタクの『ロングバケーション』とか」

「それらのトレンディドラマの流れの中から月9の代表作が出てきて月9ブランドを確立」

「一九九七年にはその年の平均視聴率ベスト4がぜんぶ月9でした」

「すごい」

「二〇〇一年の『HERO』なんか全十一話がすべて視聴率三十パーセント以上ですからね」

「まさにお化け番組」

「月9の視聴率ベスト3は一位が『HERO』の三十四・三パーセント、二位が『ラブジェネレーション』の三十・八パーセント、三位が『ロングバケーション』の二十九・六パーセントです」

「今じゃ考えられない数字ね」

「キムタク強いね」

「歌手の人が主役、もしくは準主役で出演するケースも」

「『イノセント・ラヴ』の北川悠仁《きたがわゆうじん》とか。ゆずのボーカル」

堀北真希主演。

「ゆずはもう一人の方が歌うまいよね」

「視聴率が高くてCDもメチャクチャ売れてた時代だから月9の主題歌からも大ヒット曲が次々と生まれましたね」

小田和正《おだかずまさ》が歌う『東京ラブストーリー』の主題歌『ラブ・ストーリーは突然に』とCHAGE　and　ASKAが歌う『101回目のプロポーズ』の主題歌『SAY　YES』それに安田成美《やすだなるみ》、中森明菜《なかもりあきな》が出演した『素顔のままで』の主題歌で米米《こめこめ》CLUBが歌う『君がいるだけで』の三曲が二百五十万枚を超えるメガヒットとなっている。

「視聴率といえば未だに視聴率が高いのは朝ドラね」

「NHKの連続テレビ小説ね」

「朝ドラといえば『おはなはん』」

「ですよね〜」

一九六六年四月放映開始の朝ドラ第六作目。主演は樫山文枝《かしやまふみえ》。一大ブームを巻き起こした印象がある。

「この辺りの感覚はヤクドシトリオじゃないと判らないでしょう。普通は朝ドラといったらまず『おしん』だから」

「そうね」

「お、いるかちゃんみたいな若い人でもそうですか」

いるかちゃんは普通の若い人よりも遥《はる》かに昔に関する知識が豊富なことは定説となっている。

「映画にもなったしね」

朝ドラで泉《いずみ》ピン子がやった役を上戸彩《うえとあや》がやるという無茶な設定。

「次に『ちゅらさん』」

山内の意見に異議なし。二〇〇一年四月放映開始の第六十四作。

「あのときの国仲涼子《くになかりょうこ》の輝きは神懸かってましたね」

「そう。日本の芸能史上、全盛期の輝きとゆうくくりではベスト3に入る輝きでした」

「後の二人は？」

いるかちゃんの問いに山内は「吉永小百合《よしながさゆり》の全盛期と天地真理の全盛期」と即答した。

「ベスト3に入るなんてすごいわね」

ベスト3は認定されたのか。

「その割には国民的女優ってまではいかなかった」

なにかしら茶々を入れないと気が済まないマスター。

「『梅ちゃん先生』って今となっては貴重じゃありませんか？」

二〇一二年四月放映開始の第八十六作。

「そうだな。主演の堀北真希は引退しちゃったし」

「主題歌を歌ったSMAPも解散」

「兄役の小出恵介《こいでけいすけ》って今どうしてるんだっけ？」

「成宮寛貴《なりみやひろき》も出てたぞ」

ホントに貴重な作品に思えてきた。

「『ノンちゃんの夢』も良かったね」

一九八八年の第四十作。

「能年玲奈《のうねんれな》ね」

「藤田朋子《ふじたともこ》です。能年ちゃんは『あまちゃん』」

二〇一三年の第八十八作。

「今はのんだけど。『ノンちゃんの夢』の頃は生まれてなかったんじゃないか？」

「『雲のじゅうたん』も良かった」

一九七六年。

「日本初の女性飛行士の話」

「浅茅陽子《あさぢようこ》だ」

「そう。焼き肉の垂れのCMに出てる最中に〝私は菜食主義〟宣言して下ろされた人ね」

そうゆう覚えかたなんだ。

「『藍より青く』と『半分、青い。』ではどっちが『水色の時』なんだろう？」

『藍より青く』は一九七二年の第十二作。真木洋子《まきひろこ》主演。『半分、青い。』は二〇一八年の第九十八作。永野芽郁《ながのめい》主演。『水色の時』は一九七五年の第十五作。大竹《おおたけ》しのぶ主演。

「『水色の時』は桜田淳子《さくらだじゅんこ》の主題歌が忘れられませんね」

「あのころの朝ドラといえば若手女優の登竜門でしたからね」

今でもそうだが。

「その中でも国仲涼子以外でいちばん輝いていたのが山口智子と若村麻由美」

マスターの意見は聞いていない。ほぼ同意見ではあるけれど。若手女優を売りだした朝ドラとして僕がパッと思いつくのは次の通り。

一九六九年『信子《のぶこ》とおばあちゃん』大谷直子《おおたになおこ》
一九七一年『繭子《まゆこ》ひとり』山口果林《やまぐちかりん》
一九七三年『北の家族』高橋洋子《たかはしようこ》
一九八一年『本日も晴天なり』原日出子《はらひでこ》
一九八二年『ハイカラさん』手塚理美《てづかさとみ》
一九八五年『澪《みお》つくし』沢口靖子《さわぐちやすこ》
一九八五年『いちばん太鼓』三田寛子《みたひろこ》
一九八六年『はね駒《こんま》』斉藤由貴《さいとうゆき》
一九八七年『はっさい先生』若村麻由美
一九八八年『純《じゅん》ちゃんの応援歌』山口智子
一九九二年『ひらり』石田ひかり
一九九六年『ひまわり』松嶋菜々子《まつしまななこ》
一九九九年『あすか』竹内結子《たけうちゆうこ》
二〇〇三年『てるてる家族』石原さとみ
二〇〇六年『純情きらり』宮﨑あおい
二〇〇七年『どんど晴れ』比嘉愛未《ひがまなみ》

二〇一一年『おひさま』井上真央《いのうえまお》

僕の発表に山内が「妥当なところでしょうね」と賛同する。

「ほかに印象深い朝ドラと言えば小柳《こやなぎ》ルミ子が歌手デビューの前に女優デビューしていた一九七〇年の第十作『虹』

南田洋子《みなみだようこ》主演。

「子役の斉藤《さいとう》こず恵《え》が話題になった一九七四年の第十四作『鳩子の海』」

主演は藤田美保子《ふじたみほこ》。

「長谷川町子《はせがわまちこ》を描いた一九七九年の第二十三作『マー姉ちゃん』」

主演は熊谷真実《くまがいまみ》。

「名作映画のリメイクで一九九一年に一年間放送した第四十六作『君の名は』」

主演は鈴木京香《すずききようか》。

「マナカナが人気を博した一九九六年の第五十五作『ふたりっ子』」

主演は三倉佳奈《みくらかな》、三倉茉奈《まな》から岩崎《いわさき》ひろみ、菊池麻衣子《きくちまいこ》へ。

「二〇一〇年の第八十二作『ゲゲゲの女房』は映画にもなりました」

主演は松下奈緒《まつしたなお》。

「一九九五年の第五十三作『走らんか！』も個人的には忘れがたい」

現在、書評家としても活躍している中江有里《なかえゆり》が出演。

記念すべき朝ドラの第一作は一九六一年の『娘と私』。主人公は男優の北沢彪《きたざわひよう》。主人公が特定の名前を持たないという朝ドラ史上、唯一の設定の作品でもある。また『梅ちゃん先生』の第百五十五話で当時の時代背景と共に『娘と私』について言及されている。

「脇役からスターになる人もいるよね」

「有村架純《ありむらかすみ》と松坂桃李《まつざかとおり》ね」

二人しか思いつかないのか。

「そしてついに二〇一九年に第百作『なつぞら』を迎えるに至る」

「長かった……」

マスターが拳を両膝で押さえつけ震わせて泣いている。

「歴史は長いけど朝ドラは一話が短いからいいわね」

「十五分ですからね」

「朝の忙しいときに観るのにちょうどいいわよね。長いのはちょっと」

無理して観なければいけないものでもないが。

「台所仕事をしながらでも良いようにナレーションを多用したり」

「ドラマでナレーションを入れるのは負けだと思うんですよ」

山内が持論を吐いた。

「ドラマは、やっぱり映像とセリフで観せるものでナレーションを入れたら何でも説明できてしまいますからね。朝の忙しい時間という事情はあくまで視聴者側の事情で制作側はそんな事情に忖度《そんたく》せずに、あくまで作品の質を高めることだけに集中すべきです」

「その話は置い、とい、て」

置いてかれた。

「海外ドラマって長いのが多いしね。『24』とか」

ドラマの長い、短いの話に戻る。

「一話自体は日本の連ドラと変わりませんがシーズン2、シーズン3と延々と続いていきますからね」

「あ、そうか」

「続いているのだけ日本に紹介されてるのかも」

「韓流ドラマはシーズン1だけで長いのよね」

「そうそう。全五十回とか」

歴史物は長い傾向があると思う。二〇〇三年にイ・ヨンエ主演、チ・ジニ共演で放送された『宮廷女官チャングムの誓い』は全五十四回。二〇一〇年にハン・ヒョジュ主演、やはりチ・ジニ共演で放送された『トンイ』が全六十回。ただ現代物はそこまで長くないと思う。あくまで僕が観た範囲だけど韓流ブームに火を点《つ》けた二〇〇二年のペ・ヨンジュン主演、チェ・ジウ共演の『冬のソナタ』が全二十回。二〇〇三年のイ・ビョンホン主演、ソン・ヘギョ共演の『オールイン　運命の愛』が全二十四回。このドラマにはユミンこと笛木《ふえき》優子《ゆうこ》も出ていた。笛木優子は東京出身だけど東京に住んでいた事があるキム・ソナが主演したのが『私の名前はキム・サムスン』。二〇〇五年に放送されて全十六回。

「日本の連ドラも昔は長かったんですよ」

「そうだったの？　山ちゃん」

「ええ。『大忠臣蔵』なんて全五十二回ですから」

「大河？」

「いいえ。民放のドラマです。ＮＥＴテレビ」

今のテレ朝。

「へえ。それは長いわね」

「五十回までいかなくても全二十六回とかね。基本は十三回」

僕が補足。

「今は全十回ですかね」

「ところが」

マスターがカウンターの中からグイッと身を乗りだしてくる。

「全八回のものもあります」

大した情報じゃない。最初から全八回の場合もあるし視聴率が悪くて十回予定だったものが途中で打ちきられる場合もあるだろう。

「今年の『科捜研の女』って一年間放送なのよね」

いるかちゃんのもたらす情報の方が〝ところが〟の後としてはしっくりくる。

「今までの連続ドラマの中で視聴率がいちばん高かったのって安永亜衣《やすながあい》主演の『プロゴルファー祈子《れいこ》』？」

絶対に違うと思う。

「〝祈る子と書いて祈子〟ってゆう冒頭のナレーションが凄《すさ》まじい大反響を巻きおこした」

記憶にないが。

「朝ドラ、大河を除けば『ありがとう』の五十六・三％は別格として調査方法が電信式に変わった一九七七年以降では『積木くずし』ですね」

山内は俳句手帳の中にスマホを隠してるんじゃないか？

「一九八三年に放映された俳優、穂積隆信《ほづみたかのぶ》原作の実録ドラマ。最高視聴率が四十五・三パーセント」

「すごい」

「演じたのは前田吟《まえだぎん》と高部知子《たかべともこ》」

「ハンパしちゃってごめん」

「一位が一九七九年に放映された『水戸黄門』第九部で記録された四十三・七パーセント」

「『半沢直樹』じゃないんだ」

「『半沢直樹』は三位で四十二・二パーセント」

二〇一三年放映。

「以下十位までは『ビューティフルライフ』『熱中時代』『太陽にほえろ！』『家政婦のミタ』」

「お」

いるかちゃんが男のような感嘆詞で反応した。若いいるかちゃんでも観たことがある番組が出たことに対する反応だろう。

「『3年B組金八《きんぱち》先生』『ひとつ屋根の下』『GOOD LUCK!!』と続きます」

「『仙八《せんぱち》先生』入ってなかったか」

金八が入っているからといって……。

「四十パーセント超えとか凄い視聴率ですね」

千木良青年が感慨深げに言うといるかちゃんが「でも視聴率がすべてではないのよね」と返した。

「そうそう。視聴率が低くても優秀なドラマってあるからね～」

「逆に視聴率が高くても質の低いドラマもありますね」

「あるある」

「ないと思いますね」

千木良青年が言った。

マスターが〝やれやれ〟とゆう雰囲気を醸しだしながら大きな溜息をついた。視聴率を絶対視する千木良青年に人生の先輩である年配者が教え諭すようなマスターの態度に同意したいところだけどマスターと千木良青年の意見が対立したときに千木良青年の方に理があることは過去の例から明らかだ。今回もそうなのかもしれない。

「あなたも同意見でしたか」

そのことを溜息をついている間に察したのかマスターが瞬間的に宗旨《しゅうし》替えした。

「あら、どうして？」

「いるかちゃん。視聴率が高いほど低俗なんですよ。朝ドラで言えば『おしん』はお涙頂戴の低俗ドラマで視聴率の低かった『つばさ』は高級です」

マスターの的外れな考えは予想できた。低俗が悪いかどうかも一考の余地があるし。

「連ドラで言えば高視聴率の『家政婦のミタ』や『半沢直樹』よりも視聴率が低かった『いだてん』や『平 清盛《たいらのきよもり》』の方がはるかに高級です」

何の疑問もなくドラマに対して〝高級〟や〝低級〟などとゆう評価を下せるマスターが

ある意味、うらやましい。ただ逆にその辺りにマスターの考えが間違いだとゆうヒントが隠されているような気がする。

「千木良くんの意見は視聴率が高ければ良いドラマで低ければ悪いドラマって事にならない？」

「そうなりますね」

「でも視聴率が低くても良いドラマってあるわよ」

「そうでしょうね」

「あ、千木良青年が裏切った！」

マスターが顔を蒼くして千木良青年を指さす。客を指さすマスターはマスターぐらいだろう。

「視聴率が低くて良いドラマなんてありませんよ！」

マスターの最初の意見はどこへ行った？

「視聴率が高ければ良いドラマで低ければ悪いドラマなんですよ！」

「その通りです」

「へ？」

言ったマスターが驚いている。僕も驚いた。

「どっちなのよ」

いるかちゃんが困惑している。

「僕が言いたいのは客観的な判断基準は視聴率しかないとゆう事なんです」

「プッ」

相変わらずマスターが人に聞かせるように噴きだした。しかも自分が宗旨替えしていることに自分で気がついていない。

「だ〜か〜ら〜。それが幼稚園児の発想だってさっきから何度も言ってるんですよ！」

初めて聞いたが。

「視聴率が低くたって良質なドラマはたくさんありますぞ。それなのに、ああそれなのに単に視聴率だけを判断基準にするなんて」

「あたしも珍しくマスターと同意見よ」

「そうでしょ？」

〝珍しく〟の部分は不問にされたか。

「良質なドラマ、ですか」

「うん」

「それは誰が判断するんですか？」

「あちきですよ？」

誰もが〝マスターと同意見〟とゆうことに不安を持ち始めた。

「公的な判断基準があるわけではないですよね？」

「言われてみればそうね」

「だけどあーた。自ずと世間的な共通判断基準というものがあるでせう」

　歴史的仮名遣いの〝せう〟は〝しょう〟と発音するのだがマスターはそのまま字面通りの発音で覚えたようだ。

「誰が決めた基準ですか？」

「だから！」

　マスターが〝憤懣やるかたない〟といった体で目を瞑り握り拳を膝に当てて軀を震わせている。そこまで憤ることではないが。

「あちきが決めたんですよ!!」

「考えてみれば一人一人が自分で感じた基準なのよね」

「それは、おそろしく傲慢な意見に思えますけどね」

「あなたこそ傲慢ですぞ」

　マスターはまだ千木良青年を睨んでいる。

「ゴーマンかましてよかですか？」

　さっきからかまし続けている。

「どこが傲慢なの？」

「だってそうでしょう？　高視聴率ドラマをありがたがっている輩《やから》よりも低視聴率でも良質なドラマを楽しむことができる自分の方が審美眼は上だと言ってるわけですから」

「上ですけど？」

「たしかに上から目線よね」

「僕には、そんな自信はありませんよ」

「千木良くんだって映画好きで映画館に勤めてるぐらいだから映画を観る目に自信があるんじゃないの？」

「自信はあります」

「ほら！」

「でも、それはあくまで〝自分はこう思う〟ってゆうだけですから」

「自信ないじゃん」

誰もがマスターの合いの手は抜かして聞いている。

「あたしは自分の審美眼に自信があるわよ」

いるかちゃんは、こう見えても歌舞伎の探求者だ。

「でもそれを証明できるでしょうか？」

「証明……」

「ある作品に対してある人は〝おもしろい〟と評価して、ある人は〝つまらない〟と評価する。これは、よくある事です」

「一度もありませんな」

「でも、どちらの評価が正しいのか証明する方法はありません」

「それはそうね。でも大衆に迎合したものかどうかは感じで判るわ。作品によって高い志を感じたり……。あたしは同年代の他の人よりも映画もドラマもたくさん観てるし小説や漫画もたくさん読んでる。歌舞伎は一番観てるわ。その積み重ね……実績が審美眼の自信に繋がっているのよ」

「その実績は素直に賞賛しますし、そんな人の評価なら信頼します」

「ほら！」

「でも、それを証明する方法はないんです」

「証明にこだわりますな」

「それに芸術作品の鑑賞には個人の好みが色濃く反映します。たとえ人よりもはるかに鑑賞経験の豊富な人でも純愛ものが好きだったりホラーが好きだったりとゆう好みは存在します」

「いっさい評価に反映させないことを誓います」

「その好みに優劣は存在しません」

「します！」

マスターの目が据わってきた。

「大衆に迎合したものは劣って、るんです、よ！」

「はたして、そうでしょうか？」

「は？」

「大衆に迎合したものは悪いんでしょうか？」

「悪いに決まってんじゃん」

「チャップリンとキートンをご存じですか？」

「もちろんです」

急にマスターの口調が真面目なものに変わった。だからといってこの店にいる者は誰も油断などしていない。

「鈴木雅之《すずきまさゆき》の代表曲である『ロンリー・チャップリン』と浦沢直樹《うらさわなおき》の代表作の一つである『MASTERキートン』を知らない人など想像できますか？」

簡単にできるし、むしろ知らない人は多いだろう。第一、千木良青年の言った〝チャップリンとキートン〟は喜劇俳優にして映画監督のチャールズ・チャップリンとバスター・キートンのことだろう。マスターの間違いが微妙に惜しいところを突いていたのは認めるけれど。

「我田引水で映画の話に持ちこんだのは恐縮ですが」

「チャップリンとキートンは知ってるわよ。古い映画も好きだから」

「若いのに頼もしい」

下手したら千木良青年の方が若くないか？

「でもキートンの映画は観たことがないわ。チャップリンは全部観たけど」

何気に〝チャップリンは全部観た〟などと凄いことを言っている。

「キートンはチャップリンの『ライムライト』にも出演してますよ」

千木良青年が教える。

「え、そうなの？」

それは知らなかったのか。

「ピアノを演奏するギャグを披露しています」

「晩年のキートンをチャップリンが呼んだんだよね」

マスターがまともな受け答えをすると最近では違和感が生じる。そういえばマスターは雑学に関する知識では僕や山内よりも上だったはずだ。それがいつの頃からか狂い始めた。いつの頃から……東子さんと出会ってからのような気がする。美女に何かを狂わされたのか……。もしかして東子さんは魔性の女？

「で、チャップリンとキートンがどうしたのよ？」

「当時、専門家の評価はキートンが上でした」

「え、そうなの？」

「はい。キートンはギャグに説明を加えないタイプです。極端に言えば判る人に判ればいい。判らない人は相手にしないとゆうスタンスです」

「それが芸術のあるべき姿じゃないかしら」

「チャップリンは違いました。チャップリンはギャグをこれでもかとゆうぐらい説明するんです」

「ウザ」

「詳しい人ほど、そう思うでしょうね」

「あちきは〝詳しい人〟の代表なので」

代表ではないが〝詳しい人〟ではあると思う。

「ところが……。結果的にどちらが人気が出たでしょう？」

「キートン？」

この流れだと千木良青年はチャップリンと言いたいのだろう。この流れじゃなくても実際に誰が考えてもチャップリンだし。

「意外とロイド？」

たしかにハロルド・ロイドも喜劇王と謳《うた》われた喜劇俳優だ。ロイド眼鏡の語源にもなってる。ただ今は問題にされていない。

「チャップリンの方が圧倒的に人気が出ました」

「でも専門家の評価は？」

「後追いかもしれませんがチャップリンは評価されました」

「チッ」

　舌打ちして悔しがる事でもない。

「で、結局、千木良くんは何が言いたいの？」

　おそらく聡明ないるかちゃんの事だから千木良青年が何を言いたいのかは判っているのだろう。だけど話をスムーズに進めるためと何が言いたいのか判っていない人のためにあえて訊いているのではないだろうか？　店の人間として……。

「いるかちゃん、そんなことも判らないんだ」

　マスターは店の人間としての自覚なし。

「いるかちゃん。千木良青年はね、大衆に迎合した方が評価されるって言ってるんだよ」

　ぜんぜん違うし。

「人の評価に絶対的基準は存在しないって事ですね？」

「はい」

　山内の言葉に千木良青年は頷いた。

「え？　どうゆうこと？　山ちゃんは何を言ったの？」

「正しい基準なんてあるんでしょうか？」

「ありますよ。芸術的価値の高い方が価値があるんですよ？」

マスターは今まで何を聞いていたのだろう？　いや、これにしても〝マスターの価値基準だって間違いとは証明できない〟のだろう。千木良青年の言いたい事はそれなのだ。

「人の数だけ価値基準があります」

「そんな……。〝涙の数だけ強くなろうよ〟みたいに」

ちょっと似てる。

「だから〝視聴率が低くても質が高いドラマ〟とゆう言い方は不遜《ふそん》だと思うのです」

「思うのは勝手です」

「はい。僕の勝手です」

「ほら！」

「どちらも勝手なのです」

「え？　あちきも？」

素で意外そうなマスター。自分では勝手だと思ってなかったのか。

「要は、どちらもその人が思うだけで客観的な評価ではないとゆうことです」

「言われてみればそうね」

「唯一、客観的な数字を示す指標が視聴率です」

「やっぱり、そこにいきつきますか」

マスターが溜息混じりに言う。

「視聴率だけが正しい判断を下していると」

「正しいとは言ってません」

「あ、いいわけ」

「客観的な数字だと言っているのです。たしかにそれは、どれだけの人が見たかを示すだけでドラマの質とは関係ありません」

「意味ないじゃん」

「ただ多くの人が興味を示したとゆう指標にはなります。そこを目指すのは悪いことではないと思います」

「映画で言えば観客動員数ね」

「はい。それがないと、いくら〝質が高い〟と言ったところで、どうにもなりません」

「本で言えば売上げ部数か」

「ドキ」

マスターがドギマギする事ではない。

「でも最近は視聴率の意味そのものが変わってきてない？」

「と言いますと？」

「録画して観てる人が多いでしょ」

「なるほど、そうですね。録画で視聴された番組は視聴率には反映されませんもんね。だから最近はタイムシフト視聴率とゆうものも調べ始めているようですね」

千木良青年の言葉に山内が「タイムシフト視聴率？」と訊き返す。

「録画視聴率のことです。録画されて七日以内に再生視聴された率を調べているんです」

「そんな事もできるんだ」

「はい。ただ、これにしても七日を過ぎてから再生されたものに関してはデータに含まれませんから正確な数字とは言えませんが」

「それじゃ何の意味もないわね。あたしはむしろ録画した番組を七日以内に観たことなんか一度もないもの」

いるかちゃんは手厳しい一面もあることを今夜は思い知らされている。

「僕もそうですね。録画後の十日や二十日ぐらいで観るのはむしろ早い方で一ヶ月経っても観てないものがざらにありますから」

「タイムシフト視聴率を計るなら少なくとも五年は追うべきですな。いや正確を期すならその人が死ぬまでに観たかどうかを追わなければ駄目です」

現実的に不可能だし、そこまで年月が経ったらデータを集める意味も薄くなってしまうだろうけど。

「それに録画だとCMを飛ばされる率も高まるだろうから視聴率を参考にCMを出すスポンサー企業にとっては意味がなくなってしまわない？」

「最近はCMに絞って加算されたデータも使われているんです」

「そうなんだ。いろいろ考えるけど番組を観たかどうかは判らなくなるわね」

「世帯視聴率よりも個人視聴率が重視されるようにもなりましたし」

「それは何？」

「もともと視聴率は選ばれた家庭のテレビに測定装置を取りつけてデータを収集していたんです」

千木良青年はどうしてこんなに視聴率に詳しいのだろう？　映写技師とゆう職業柄、ライバル的な関係にあるテレビの情報も知ろうとしての結果だろうか？　敵を知り己を知れば百戦危うからずとゆうし。

「意外と原始的な方法ね。予めテレビに装置が設置されているわけじゃないんだ」

「テレビのメーカーは調査会社ではありませんしプライバシーの問題とか、いろいろあるんでしょうね」

「なるほどね」

「当時はテレビは一家に一台ですから測定装置も家族に一機です」

「一世帯に一機か」

「はい。でも家庭によって一人暮らし、二人暮らし、三人家族、四人家族といろいろです」

「お祖父《じい》ちゃん、お祖母《ばあ》ちゃんも同居とかも多かったでしょうしね」

「『3人家族』ってなかった？」

竹脇無我《たけわきむが》と栗原小巻《くりはらこまき》。〈木下恵介《きのしたけいすけ》アワー〉。とりあえず今は関係ない。

「そのうちの何人が観ているかは装置では判らないわけです」

「一人が観てても六人が観てても同じ数字になって現れるってわけね？」

「そうなんです。だから〝何人が観ているか〟ではなくて〝何世帯が観ているか〟を表していたわけです」

「それで世帯視聴率なのね」

「はい。視聴率は当時からそうゆう問題を抱えていたんです。世帯視聴率よりも個人視聴率が知りたいのに」

「どっちでもいいじゃん」

話にならない。

「最近は視聴の質を測定しようとする視聴質とゆうものもあるんですよ」

「どうゆうこと？」

「視聴者の表情や目線を測定するんです」

「やだやだ〜測定されたくない〜」

マスターの気持ちがちょっと判る。

「でも視聴者の表情や目線って……。そこまでやる？　テレビ自体が衰退しつつある時代に」

「それ言っちゃあおしまいよ」

「４Ｋだってそうよね」

「いるかちゃん、けっこう広いとこに住んでんだ」

「間取りの事じゃなくてテレビのこと」

「どうゆう意味？」

「画像が綺麗なテレビよ」

「完璧に判りました」

かなりざっくりした説明だが。

「４Ｋの番組を４Ｋテレビで受信して観れば綺麗な画面が観られるのよ」

「いい事ですな」

「でもテレビ離れが進んでるんだから画像の質を上げるより番組の質を上げるべきだと思うわ」

「名言いただきました」

マスターがメモを取る。

4Kとは4000のことで横×縦の画素数がおよそ4000×2000のものを4Kと呼んでいる。従来のものは2Kで約200万画素。4Kは約800万画素である。画素が多い分、高密度で緻密な画像が得られる。

すでに4K放送は始まっているから4Kテレビを買えば観ることができる。

「ただ質は人それぞれが独自に感じるもの」

「要は人の評価を気にせず自分がおもしろいと思ったものがおもしろいのよ」

まとめたいるかちゃん。

「一言で言えることを今まで長々と語りましたな」

「面目ありません」

千木良青年が謝ることはない。

「好みで言って良いんなら、あたしゃあ三十分ドラマが意外と好きだね」

「その話は以前もしました」

たしかに『アイちゃんが行く!』と『おじさま!　愛です』の話はした覚えがある。主人公が違うのに愛繋がり。

「『サインはV』も『おくさまは18歳』も三十分でしたね」

視聴率的には『サインはV』の方がお化け番組か。『美しきチャレンジャー』や『アテンションプリーズ』などの後続番組を生んだ。

「外国ドラマでも三十分番組ってなかった？」

「これはまた、ずいぶんと古いところを持ちだしましたな」

古いところかどうかは聞いてみないと判らないけど、たしかに最近の海外ドラマで三十分物は思い浮かばない。

「『それ行けスマート』とは」

番組名まで勝手に想像してたのか。しかも古すぎるし。

「マスター。ここは『奥さまは魔女』辺りでしょう」

「あちきは、どちらかといえば『かわいい魔女ジニー』派でして」

中村晃子《なかむらあきこ》がジニーの声をやっていた。

「と〜の〜」

中村晃子の声で〝殿〜〟と言われれば色っぽいが。

「最近はなくなりましたね。ゴールデンタイムの三十分ドラマ」

「どうしてでしょうね。また作れば観る人はいると思いますが」

「それは言えるかも。最近は短いコンテンツが増えてるでしょ」

「たとえば？」

「スマホで読めるもの……。たとえば小説でもセンテンス自体が短いものが好まれるとか」

「あるかもしれませんね」

「しかし現実は短いどころか、たいへん長い物語でしてな」

マスターがシガレットチョコを口に銜える。

「たとえばワイドショーで取りあげられるような事件でも数日経てば忘れられます。ところが事件の当事者たちにとっては事件は終わっていないのです」

どこに話を持っていきたいのだろう？

「まして時効を迎えるような事件の当事者たちは長い長い時を過ごす事になります……。あ、そうだ、時効と言えば」

そこに持っていきたかったわけか。

「例の植田刑事が持ちこんだ迷宮入り案件」

言い出しっぺは東子さんだったような気がする。

「お嬢様が行方不明になった事件ですね？」

お嬢様は自分だろと一瞬、思った。加えてマスターと東子さんの連係プレイに驚きからの嫉妬。

「そういえば、その話をしてたのよね」

「んだんだ」

「その話を持ちだしたのは東子だけど」

いるかちゃんがさりげなく東子さんにダイキリのお代わりを差しだす。東子さんが飲みほしたことに気がつかなかった。その辺りは、さすがいるかちゃん。ちいママの貫禄だ。

「そもそも東子の家に来た警視総監がその話をしていたから東子はその話をしたのよね」

「はい」

「警視総監はどうしてその事件の話をしたのかしら？　さほど重要事件とも思えないけど」

そう言っているかちゃんは植田刑事を見る。植田刑事は答えやすい気にさせられる。話を回す回すいるかちゃん。酒と摘みも進む。もしかしたらこの店は歩合制なのだろうか。

「実は、最近、そのお嬢さんを見たとゆう人が現れまして」

「行方不明になったお嬢さんを？」

「はい」

「お嬢さん乾杯！」

マスターが言ったのは一九四九年制作、木下恵介監督、原節子《はらせつこ》主演の映画『お嬢さん乾杯！』のことだろう。共演は佐野周二《さのしゅうじ》。

「もうかれこれ二十五年も行方不明になってる人よね」

「行方不明と言いますか法律的には死亡扱いとなっています」

「はい。失踪者が七年間、見つからなかった場合に死亡の手続きを取る事ができるのです」

「え、そうなの？」

「永谷さんは手続きを取ったんだ」

「取りました」

「取らないとお葬式もあげられないものねえ」

「でも自分の娘ですよ」

山内が死亡手続きに異を差し挟む。

「実は……」

植田刑事はまだ言ってなかった事があるのか？

「失踪したお嬢さんはたしかに永谷伸治の娘ですが母親である永谷博子とは血は繋がっていないのです」

「ええ？」

山内だけが驚いた。驚いたのが自分だけだと判ると山内はグラスを手にして場を繕う。

「永谷伸治の連れ子ってこと？」

「そうなんです。永谷伸治は妻と死別しまして男手一つで一人娘を育てたんです」

「その後に永谷博子に見初められて結婚したのね」

「そうゆう事です」

「だったら失踪した娘を死亡扱いにしたのは母親……義母である永谷博子の意向ね、きっと」

「その辺りは判りませんが、おそらくそうじゃないでしょうかね。実の父は娘を死亡扱いにはしないと思いますから」

「でも承諾したんですよね」

千木良青年が切りこむ。

「力関係でいえば博子の方が圧倒的に上ですから押し切られたんじゃないでしょうかね」

「どうして博子はそこまで死亡に拘《こだわ》ったのかしら？」

「遺産を渡したくなかったから」

千木良青年が呟く。

「あ、そうか。将来、自分が死んだときに娘が生きていたら遺産を渡さなければいけなくなるもんね」

「それが理由でしょう。血の繋がらない娘に財産を渡したくない心理が死亡認定に繋がった……」

「死んだら財産を渡さなくて済むもんね」

「生きてる可能性だってあるのよ」

「そこはそれ、心理的な問題でして」

マスターが決める事ではないが言わんとするところはなんとなく判る。

「法的にもですが実際にも亡くなっている可能性が高いのですから」

「生きてたら見つかってるはずですよ」

山内がマスターの意見に同意すると「見かけたのよね」といるかちゃんが事実を突きつける。

「さすがに見間違いでしょう」

「ところが」

植田刑事が山内の説を一蹴しにかかる。

「見間違いとは思えないのです」

「とゆうと？」

「ちょっと待って。お嬢さんの名前は何だっけ？」

「永谷みはね、です」

「仮名よね？」

「あ」

また実名を言っちゃったか。

「でも良い仮名ね。それで？」

いるかちゃんが話を回す。

「たしかに、みはねさんを見たのが一人だったら見間違い、で済ますところなんですが」

「一人じゃなかった？」

「そうなんです」

「ひとりじゃないってすてきなことね」

「どこかの歌の文句みたいね」

「歌のタイトルや歌詞の中に〝ひとりじゃない〟とゆうフレーズが含まれた歌はたくさんありまして、それらを天地真理のヒット曲『ひとりじゃないの』に因んで〝ひとりじゃないのソング〟と呼んでいます」

　われわれヤクドシトリオの間では。

「たとえば？」

「ＪＵＪＵの『奇跡を望むなら…』とか」

「それが〝たとえば〟なんだ」

　いるかちゃん、ナイスツッコミ。

「ほかには平原綾香《ひらはらあやか》の『Ｊｕｐｉｔｅｒ』」

　諸事情により歌詞は割愛。

「で何人ぐらいの人が見たのよ。永谷みはねさんを」

「高校の美術クラブの同期会があったんですよ。みはねは美術クラブに所属していたんで」

マスターが答えていた。

「推定六人」

「そんなに？」

「六人」

植田刑事が補足する。

「高校のころの同期会、まだやってるのね」

「結びつきが強かったんでしょうね。手形アートで全国入賞も果たすほどの、ちょっとした有名クラブなんです」

「手形アート？」

「手のひらにインクをつけて紙や布に押して芸術作品にするんです」

「いろんな芸術がありますな」

「で、そのときに複数の人が目撃したんだ」

「そうなんです」

「正確には何人？」

いるかちゃんはこだわる。

「六人です」

「合ってたんだ」

マスターの山勘《やまかん》も馬鹿にならない。

「それだけの人数が見てるんなら間違いじゃないかもしれないわね」

「死んだ人間が生き返ったと？　いるかちゃんはオカルト信者ですか？」

「そーゆーわけじゃないけど再び姿を現したのには何らかのトリックがあるんじゃないかって思っただけ」

「プッ」

マスターがこのところマスターしたわざとらしい噴きだし。

「いるかちゃん。トリックなんてミステリ小説の中だけの話なんですよ。実際にはトリックを使うことなんてありません」

微妙な発言。

「やっぱり見間違いでしょう」

珍しく山内が自分の意見を主張する。

「でも人数が」

「一人が〝見た！〟って言ったら他の人がつられて〝見た〟って言いだす事があるんじゃないですか？」

「実験の結果、一人の人間の目撃証言に他人はおいそれとつられないことが判明しました」

誰もつられない。

「いま店の中にツチノコがいた！」

マスターが叫んだ。

「見た！」


例が悪すぎる。

「同期会の人たちがもし本当に、みはねさんを見たのなら声をかけなかったの？」

「みんなが見てすぐに永谷みはねさんはタクシーに乗りこんでしまったそうなんです」

「声をかけようとしたけど、かけられなかったのね」

「そうゆう事です」

「ナンバープレートを覚えてる人がいれば追えるんじゃない？」

「探偵ではないから覚えていません」

「探偵が覚えていると思ったら大間違いですぞ。ここにいる工藤ちゃんをご覧ください」

悪い例で使わないでもらいたい。咄嗟にナンバープレートを暗記、もしくは撮影する自信はないけれど。

「でも植ちゃんがそのことを知ってるって事はクラス会の人たちは警察には連絡したの

ね？」

「そうです」

「よっぽどの確証がないと警察には連絡はしないんじゃない？」

「それは言えますね」

「だからクラス会の人たちが見た永谷みはねさんは本物よ」

「でも事件から年月が経ってますよね」

「山ちゃん、何が言いたいの？」

マスターがいるかちゃんの声色で尋ねる。普通に尋ねてもらいたい。

「人は年月が経てば変わるものです。美人だったクラスのマドンナがクラス会で見るも無惨な恐ろしいものに変化している事はよくあるのです」

よくはないと思う。

「それは大げさにしても一目見て判らなくなってる事はあるかもね」

「つまり二十年以上会っていなかった人をタクシーに乗る寸前のわずかな間に見分けられるでしょうか？」

「可能、だと私は思っています」

「植ちゃん、その根拠は？」

「同期たちの話によると永谷みはねさんは昔の容貌と大して変わっていなかったそうで

す」

「でも歳は取ったでしょう」

「もちろん二十年以上も経ってますから老けたことはたしかです。ただそこは同期会の帰りですから出席者は老けかたを学んでいた」

「どーゆーこと？」

「お互いに〝二十五年経ったらこうゆう老けかたをするよね〟とゆう感覚が研ぎすまされていたとゆうか」

「あやふやな証拠ですな」

「でも会った瞬間に判る人もいるわよね」

「それはいますね」

「きっと、みはねさんもそうだったのよ。だから誰もが一目見て、みはねさんだと思った。そしてその感覚に誰もが自信を持った。なぜなら同期会でその感覚が研ぎすまされていたから」

「辻褄《つじつま》は合いますな」

「それにみんな美術クラブでしょ？　人の顔を見分ける能力って他の人たちより高いと思うわ」

「実際にそうだったと私は確信しています。老けかたを学んでいた上に、みはねさんはもともと大人っぽい雰囲気の人だったらしいんですよ」

「そうゆう人って何年経ってもあんまり外見が変わらないのよね」

「だから同期たちも確信が持てた」

「少なくとも調べてみる価値はあるかもしれませんね」

千木良青年もいるかちゃんを援護射撃する。

「植ちゃんが動いているって事はただの失踪じゃないんでしょ？」

いるかちゃんの言葉にハッとさせられた。たしかに元々は植田刑事と接点があったとはいえ二十五年も前の家出捜索事件をやけに覚えているし現在の目撃情報にも詳しい。これは上からの命令で再捜査が命じられて、その担当に植田刑事が就いたと考えることもできるわけだ。そのことに瞬時に気がついたいるかちゃんは、さすがは名探偵を自負していただけのことはある。現在ではその座を明け渡してはいるけれど。

「実は当時、殺人事件が絡んでいる疑いが持たれたんです」

「やっぱり」

いるかちゃんが腑に落ちた顔をする。

「なぜ〝やっぱり〟？」

「だって植ちゃんが永谷家で血痕を見たんだものね」

「そうなんです」

「それも少し大きめの」

「ただ家宅捜査をかけるだけの証拠が集まらなかったんです」

「周囲に聞きこみをしても、それらしい情報の提供はなかったのね」

いるかちゃんが夜の捜査本部長らしい確認。

「そうなんです」

「それなのに殺人が疑われたの？」

「疑う要素は血痕だけじゃありませんで」

「その辺のことを詳しく聞きたいわ」

他の客の好奇心を満たすために話を回すいるかちゃん。

「お答えできる範囲であれば」

「まず基本的事項だけど」

夜の捜査会議が始まった。

「警察は誰が誰を殺した殺人事件だと疑ったの？」

「被害者は永谷みはね……ただし戸籍上は筒井《つつい》みはねです」

「え、どうゆうこと」

「実は永谷伸治は永谷博子と結婚したと称していましたが籍は入れてなかったんです」

「ええ？」

マスターが大仰に驚く。

「そんな！」

植田刑事を睨みつける。

「どうしてそんな大事なことを今まで隠していたんですか！」

「す、すみません」

「大問題ですぞ！」

飲み屋での話だから正確に報告する義務もないが。

「じゃあ永谷伸治は通称で本名は筒井伸治なの？」

「実はそうなんです」

「虚偽申告ですぞ！」

大騒ぎしすぎて逆に誰も気にしなくなっている。

「ちょっと複雑なのね」

「順を追って話します。永谷一家は三人家族です。父親は元々筒井姓です」

「下の名前は康隆《やすたか》？　道隆？」

伸治と言っている。

「それとも真理子《まりこ》？」

筒井真理子さんは二時間サスペンスによく登場する女優さんだ。このところ映画や舞台での活躍も目立つ。

「戸籍上の名前は筒井伸治とゆう事になりますね」

仮名のはずだが。

「筒井伸治は結婚して、みはねが生まれますが不幸なことに妻……みはねにとっては母親が病死します」

「それで筒井伸治は一人娘のみはねを連れて永谷博子さんと再婚したのね」

「そうなんです」

「財産目当てかしら？」

「そんな事はないと思いますよ」

「植ちゃん、青いわね」

いるかちゃんが怖い。

「心の奥底までは判りませんが博子さんが伸治さんの好みの女性だったことは間違いないでしょう。丸顔で可愛らしいタイプ。前の奥さんと同じです」

「前の奥さんの顔を知ってんだ」

「一応」

けっこう調べたようだ。

「とにかく伸治は奥さんと死別した後に永谷博子と出会い結婚して永谷伸治と名乗ること

になりました」

「みはねも永谷姓を名乗ったの？」

「みはねも戸籍上の名前である筒井みはねから永谷みはねと名乗るようになったようですね」

「結局、伸治は婿養子の形なのよね」

「でも、どうして伸治は婿養子に……とゆうよりも籍を入れなかったんでしょうね」

山内のもっともな疑問。

「やっぱり遺産でしょうかね」

「でも結婚相手よ。博子は自分が先に死んだ場合には当然、伸治に遺産を遺したいでしょう」

「伸治には遺したくてもその子には？」

「あ」

山内の指摘にいるかちゃんが声をあげる。

「籍を入れなくても伸治には遺言を書けば遺せます。でも籍を入れてしまったら戸籍上、子どもになったみはねにも遺産を渡さなければなりません」

「遺言で渡さないように書いても遺留分があるから一銭も渡さないわけにはいかないのよね」

本来、相続権があるにも拘《かか》わらず遺言によって〝遺産を相続させない〟とされた相続人も一定割合の相続金を相続できる。この相続分を遺留分とゆう。普通は正規の相続分の二分の一が遺留分として保証される。

「ここまでの話をまとめてみるわね」

そのうち店にホワイトボードを置くんじゃないだろうか。

「金なし子ありの筒井伸治にとって資産家である永谷博子さんとの結婚は喉から手が出るほど望んだことだった」

マスターの口からニョキッと手が出てきて心臓が止まるかと思うほど驚いた。よく見るとマスターが横を向いて口を大きく開け壁側の手を口の辺りから伸ばして口から出てきたように見せかけただけだった。ロボットダンスといいマスターはこうゆう軀を使ったパフォーマンスがやけにうまい。

つけ加えると、いるかちゃんはまとめとゆうか、かなりはしょっている。主観も入ってるし。

「その足元を見た博子が〝永谷姓を名乗ること〟〝籍は入れないこと〟とゆう条件を出して結婚を承諾したのかもしれませんね」

「山ちゃんって夢がないわね。結婚ってもっとロマンチックなものだって東子だったら思うんじゃない？」

自分は思わないのだろうか。

「若い東子さんならそう思うでしょうねえ」

マスターが口を挟む。

「違うの？」

「山ちゃんを見てください」

期せずして誰もが山内を見た。山内は噎せた。

「ここに結婚とは無惨な人生の墓場であるとゆう生きた証明が夜な夜な酒を飲んでいるのであります」

「人聞きの悪いことを言わないでください。修復の兆しが出てきてるんですから」

「そうよね」

みんなやけに山内の夫婦事情に詳しい。

「山内さんの夫婦事情はひとまず置いておきましょう。問題は事件です」

千木良青年が話を戻す。

「判ったわ。永谷みはねさんは失踪したって思われたけど実は殺されているのではないかってゆう疑いもあったのよね？」

「そうです」

植田刑事は認めた。

「容疑者は？」

「それは判りません。怪しげな人物は捜査リストには挙がってこなかったのです」

「てゆーか植ちゃんが下っ端過ぎて植ちゃんの所まで情報が降りてこなかったんでしょ」

やけに内部情報に詳しいいるかちゃん。図星をさされてプライドが傷ついたのか植田刑事は無言になってしまった。

「殺人が疑われた背景には、あの辺りの事情があるのかしらね」

「この辺り？」

マスターがいるかちゃんの腰の辺りを指している。ギャグるのなら自分の軀を使ってもらいたい。いるかちゃんがマスターの動きを見ていないからまだいいようなものの。

「子連れ男が資産家の女と再婚したって辺りよ」

「その状況だけで殺人を疑いますかね」

山内が疑義を差し挟む。

「一人の大人の女性が書き置きもナシに失踪していますからね」

「書き置きはなかったんですね？」

千木良青年が植田刑事に確認を取る。

「ありませんでした」

「家族に何も告げずに失踪ってゆうのも少し不自然ね」

「そうなんです」

植田刑事が勢いづく。

「みはねには姿を晦ます理由がないんです」

「理由ならあるわよ」

マスターが壁に寄りかかって煙管《キセル》を吹かしながら言った。大正時代の新橋辺りのバーのマダムか何かを気取っているのだろうか？　煙管だと思ったのは菜箸だった。ジェスチャーがうまいから一瞬、本物に見えてしまった。

「なに？　マダム」

いるかちゃんがマスターの小芝居に乗った。

「大好きだった父親が見知らぬ女性と再婚して、みはねは戸惑ったはずよ。その日から父の再婚相手を母と呼ばなくてはならないんですもの。あたしもそうだったの」

「天地真理主演の傑作アイドル映画『虹をわたって』もそんな話でしたね」

山内がヤクドシトリオならではの知識を披露する。マスターの小芝居、いや大芝居は不問に付すようだ。

「要は、みはねが父親の再婚にショックを受けて家出したってこと？」

「そうゆうことよ」

マスターはまだバーのマダムごっこを続けている。

「父親に何にも言わないで？」

「そうゆうこと」

〝そうゆうこと〟のテンションが少し下がった。

「その後、二十五年も一度も音沙汰ナシ？」

「そうゆうこと」

かなり小声になっている。

「亡くなってる可能性もかなりあるわよね」

「そうゆうこと」

ついに宗旨替え。

「でも、その程度の可能性だけで警察は疑う？」

「他にも奇妙な点があるんですよ」

「とゆうと？」

「そのころ永谷家を頻繁に訪れていた若い男がいたんですが」

「また！」

マスターが軀を震わせる。

「また後出しですか！」

植田刑事は請《こ》われて話してるだけだからどのように話しても自由だが……。

「面目ない」

マスターの異様な迫力に圧《お》されたのか植田刑事が謝る。

「どんな男？」

いるかちゃんみたいに知りたいことを普通に訊けばいい。

「年齢は三十三歳」

「若くないじゃん」

植田刑事から見て若いとゆうことか。一般的に〝若い〟といえば二十代かそれより下とゆうイメージがあると思う。

「失礼しました」

「いいから続けて」

いるかちゃんは現役の年上の刑事を畏《おそ》れる気持ちが全くない。ある意味、見上げたものだ。

「名前は蛸島《たこしま》烏賊郎《いかろう》とでもしましょうか」

「え……」

マスターの言葉に植田刑事が怯んだ。

「もちろん今までの話は仮名でしょうな」

「も、もちろんです」

実名だったのか？　今の植田刑事の狼狽《ろうばい》ぶりから察するところ。仮名で話さなければいけない事件の話をつい実名で話してしまっていたのか？

「もしかして偶然、実名を言い当てた？」

そんな事はないだろう。鈴木一郎《すずきいちろう》とかならまだしも。蛸島烏賊郎が偶然当たることは絶対にないと断言していい。

「それでいきましょう」

「なんとかごまかしたか」

後で調べれば実名は判るだろう。

「で、どんな男性なの？　その多久島伊知郎《たくしまいちろう》さんは」

微妙に仮名も変わった。いるかちゃんが提案した仮名の方が話が進めやすい。

「イケメンです」

マスターがすぐさま舌打ちした。イケメンとゆう言葉に半ば条件反射的に舌打ちをする躯になってしまっている。

「身長は百七十センチぐらいでしょうかね」

「低！」

マスターよりは高い。

「何者なのです？　その犯人は？」

　ぜんぜん犯人じゃない。少なくとも今の段階じゃ。イケメン＝犯人はマスターの中では自然な流れになっている。

「ネットやケーブルテレビを扱う会社……通信事業会社の営業マンです」

「通信事業会社の営業マン……。永谷伸治や博子とは知りあいだったの？」

「いいえ」

「それがどうして永谷家に？」

「お茶漬けでも食べに行ったんじゃないですか」

　マスターがテキトーな雰囲気をわざと出しながら応える。意外とおもしろいが。

「仕事です。ネットやケーブルテレビを安く観られるようになりますよとゆう誘い文句の営業に行ったんです」

「永谷家はアパート、マンションを経営してるんだから棟ごと契約できれば大きいわよね」

「そうかもしれませんね」

「実際には契約したの？」

「最後には棟ごとの大型契約に至りましたが最初は永谷家の個人契約だけでした」

「じゃあ営業マンの多久島さんががんばったのね。粘って粘って」

「実際に永谷家に通い詰めたそうです」

「それで〝永谷家を頻繁に訪れていた若い男性がいた〟ってゆう植ちゃんの発言になったのね」

「そうゆう事です。その過程で多久島氏は永谷家にとってプライベートでも親しい間柄になっていきました」

「そうなんだ」

「どうやら多久島氏は永谷家の一人娘、みはねとつきあっていたようです」

「ですよね〜」

何が〝ですよね〜〟なのかよく判らない。

「考えてみたらいくら仕事とはいえ三十代で独身の男性が若い未婚の女性のいる家に足繁く通っていたら、その未婚の女性目当てだとしても不思議じゃないわよね」

そうゆう意味か。さすがマスターと従業員。ちゃんとマスターの考えが判っている。いるかちゃんならではの勘の良さがあっての事だろうけど。

「あるいは通っているうちに、だんだんみはねを好きになったとか」

「いずれにしろ多久島氏はみはねさんを好きになったんですね」

「ところが」

マスターが下卑た笑みを浮かべる。

「一盗《いっとう》二《に》婢《ひ》三妾《さんしょう》四《し》妓《ぎ》五《ご》妻《さい》とゆう言葉がありましてな」

マスターがチラチラと東子さんを盗み見ながら言う。

「若いかたはご存じないでしょうが」

「どのような意味でしょうか？」

東子さんがマスターに訊いた。

「そそそれはですね」

自分で切りだした話題なのにやけに慌てている。まさか東子さんから直接に意味を訊かれるとは思っていなかったのだろう。おおかた、いるかちゃんに説明しながら東子さんにも聞かせる類のことを考えていたに違いない。

「それはその」

「男がどんな女との情事に興奮するかってゆう順番をつけたものよね」

いるかちゃんが答えた。

「そうでやんしたか。あちきは寡聞にして知りやせんでした」

「一盗は人のものを盗む。つまり人妻とやることよね」

「教えていただいてありがとうございます」

東子さんがいるかちゃんに向かって頭を下げる。そのやりとりを店にいる者はみな一様に呆気《あっけ》に取られるような顔で眺めている。たぶん。

ちなみに二婢とは下女《げじょ》などの自分の下にいる者。今で言えば会社の部下だろうか？　三妾は文字通り妾《めかけ》で今風に当て嵌《は》めれば愛人か。四妓は遊女などで今風に言えば風俗嬢か。

「自分の妻が最後の五番目なんて酷《ひど》くない？」

「仏の顔も三度までと言いましょうか」

意味が罰当たり的に違っている。

「要は若い娘よりも人妻の方が味がある場合もあると言いたかったわけでやんして」

「永谷博子のことを言ってるの？　多久島伊知郎が永谷家に通っていた目的は若いみはねじゃなくて人妻の博子の方だったと？」

「まあそんなような事でして」

「そんな事ってありますかね？」

「あ、千木良青年はロリコンか。だから熟女に興味を示す男の気持ちが理解できないと」

「違いますよ。ただ常識的に考えて若いみはねがいるのにその母親に女性としての魅力を感じるものかなって……」

「偏見ですぞ。好みは人それぞれ。蓼《たで》食う虫も好き好き。豚も煽《おだ》てりゃ木に登る」

最後は関係ない。

「年齢にも依るんじゃないですかね」

山内が言う。

「当時、みはねが二十五歳だったのに対し博子は四十二歳です」

「充分いけるわね」

男目線のいるかちゃん。

「それに博子の容貌にも依るわね」

何気に問題発言をするいるかちゃん。

「博子さんは丸顔でアイドル系の可愛らしい顔をしていました。年齢は四十二歳でしたが歳よりもずっと若く見えた」

「決定。多久島伊知郎の目当ては博子」

マスターの短絡的思考は今に始まった事じゃない。

「周りの人の証言は？　ご近所の人や、みはねや博子の知人だったら多久島伊知郎の目当てがどっちだったか判るんじゃない？」

「んだんだ」

「事件化していないので聞きこみまではやってません」

「駄目じゃん」

別に駄目じゃない。普通だ。

「みはねが行方不明になってからはどう？」

いるかちゃんが別の角度から切りこむ。

「みはねが行方不明になってからも多久島伊知郎が永谷家に通っていたら目的はやっぱり

博子だったって事にならない？」

鋭い。

「通っていました」

事態が少し動いた。

「とゆう事はやっぱり博子が目的で？」

「待て待て。お若《わけ》えの。お待ちなせえ」

マスターがいるかちゃんを止めにかかる。これは鶴屋南北《つるやなんぼく》が作った『浮世柄比翼稲妻《うきよづかひよくのいなづま》』とゆう歌舞伎の一節だ。鈴ケ森《すずがもり》にて侠客、幡随院長兵衛が悪浪人、白井権八《しらいごんぱち》を呼びとめたときのセリフだ。

「待てとお止めなされしは、拙者がことでござるかな」

いるかちゃんが白井権八のセリフで応える。

「自分の婚約者を亡くした男性が、その後も婚約者に義理立てて婚約者の家族と連絡を取りあう事はよくあることでして」

口調はほぼ元に戻った。ただマスターは自分が宗旨替えしたことに気づいてないっぽい。

「死んだ娘の母親が〝伊知郎さん、娘を思ってくれるあなたの気持ちは嬉しいけどもう充分よ。これからは自分の道を歩いて〟と娘の婚約者に告げるドラマでたまに見るパターン」

そう言いながらマスターは自分の芝居に酔いしれて涙ぐんでいる。幸せな人だ。

「つまり、みはねの失踪後も永谷博子目的であるかのように永谷家を訪ねていた多久島伊知郎も本命はやっぱり博子ではなく、みはねである可能性は捨てきれないと？」

「仰る通りです」

従業員に丁寧語で答える上品バージョンのマスター。

「多久島伊知郎さんは娘さんを失ったご両親の支えになったのかしらねえ」

「なりすぎました」

「え？」

「多久島さんは奥さんと親しくなってしまったんですよ」

「自分の奥さんと？」

それならば問題はない。

「多久島さんは独身ですよ」

「やっぱりあたしの睨んだ通り多久島伊知郎は永谷博子さんと仲良くなってしまったのね？」

「はい」

自分だけの手柄にするいるかちゃん。

「それは先ほどお聞きしました。永谷家と親しい間柄だって。仲よき事は美くしき哉」

武者小路実篤《むしやのこうじさねあつ》。

「マスター。男女の仲になったって事よ」

「う、嘘。あちきは純粋だから、そんなこと想像もできなかった。いるかちゃんが想像したような事はまったく想像できなかった」

繰り返さなくていい。

「やっぱり博子とできてたんだ」

「そうとも言えんぞ」

マスターが露口茂《つゆぐちしげる》のような表情で言った。

「もともとみはねと懇《ねんご》ろになっていた多久島伊知郎がみはねの失踪後も娘を失った家族を慰めに通っているうちに、いつしか母親の博子と懇ろになってしまったとゆう可能性も」

「そうか」

シブがき隊の『男意ッ気』の一節を歌うマスター。〝懇ろ〟とは〝親切〟あるいは〝親密〟などの意味だが男女がいい仲になる意味に使われることが多かった言葉だと思う。

「その辺は何とも言えません」

「聞きこみしてないんだもんね」

「面目ない」

「まあいいわ」

植田刑事が謝ることではないがなぜか上から目線のいるかちゃん。

「で、亭主のいる博子と多久島伊知郎が懇ろになって家庭は泥沼？」

「それどころか離婚です」

「ええ、離婚？　そこまで行ったんだ」

「仕方ないでしょうな。妻が浮気をしたら夫は許せないものです」

「その逆だったらけっこう許してるけどね」

「逆じゃなくても許してる人はいますぞ」

芸能人夫婦のことが頭に浮かんだけれど今は関係ない。

「まあいいわ。その後、永谷博子と多久島伊知郎はどうなったの？」

「結婚しました」

「結婚？」

「はい」

「ただの浮気かと思ったら本気だったのね」

「いるかちゃん。〝ただの〟という浮気はないんですよ。浮気はそれ自体、結婚式で愛を誓ったパートナーへの裏切り行為であり一発で家庭崩壊の危機を招く重大犯罪なのです」

マスターが正論を吐いたのは何年ぶりだろう。

「もし誤解を招いたのなら謝るわ」

政治家みたいな言い訳をしている。

「でもホントに結婚するとは。その驚きを言いたかったのよ」

「たしかに身一つの多久島伊知郎はまだ判りますが永谷博子が多久島伊知郎と結婚するとなると亭主である伸治と別れなければなりませんからな」

「でも籍は入ってなかったのよね？」

「その辺り、普通の離婚よりはハードルが低かったのかもしれません」

「それにしても随分よね」

「そうとは限らないでしょう。誰かさんの家みたいにご主人がひどい男だったら？」

そう言いながらマスターはチラチラと山内を見ている。山内は抗議の咳払《せきばら》いをする。

「旦那が暴力男だったら？」

マスターは今度は山内を凝視している。マスターの方が怖い。

「なるほどね。暴力夫かどうかは別にしても夫婦の仲が冷めきっていたら別れても不思議じゃないわよね」

「んだんだ」

「その辺どうなの？　植ちゃん」

植ちゃん（注＝植田刑事）はロックのラム酒を一口飲むと答える。

「夫婦仲は冷めきっていました」

「ほら！」

「マスター。マスターの言い分が合ってるとは限らないでしょ。奥さんの方に問題があるかもしれないじゃない」

「負け惜しみは見苦しいですぞ」

「奥さんの方に問題があったのです」

「そんな！　見てきたように！　夫婦のことなんか夫婦でなけりゃ判りませんよ!!　見苦しい。

「どのような問題が？」

「亭主の連れ子を可愛がっていなかったようですな」

「ちょっと待ってください」

マスターが何か重大なことに気づいた名探偵のように人差し指を立てた。

「ここまで妻側から見て配偶者を指す言葉として〝夫〟〝亭主〟〝旦那〟と三通りの言葉が話されました」

「それが？」

「日本語は難しい」

さし当たって今はまったく関係のない話だ。

「亭主の連れ子って、みはねの事よね？」

「そうです」

「証言でもあるの？」

いるかちゃんが〝亭主の連れ子を可愛がっていなかった〟とゆう話に戻した。

「聞きこみ捜査の結果です」

「大島蓉子《おおしまようこ》に？」

その流れをまたマスターが乱しにかかる。たしかに女優の大島蓉子さんは以前は2サスで刑事に聞きこみされる近所の主婦役でよく出ていた。ただ『梅ちゃん先生』以降は連ドラのレギュラーが増えた印象がある。

「聞きこみはしていないって言ったじゃん」

「正式には」

「あ、植ちゃんが独自にやったんだ」

「実はそうでして」

「やるじゃん」

いるかちゃんがカウンターから乗りだして植田刑事の肩を叩いた。

「署の意向を無視して単独捜査したことに後ろめたさを感じて最初は言わなかったのよね。でも血痕に疑問を感じた植ちゃんは単独捜査を始めた。かっこいいわ。物語になりそう」

「業務違反ですな。機密漏洩《ろうえい》罪にも当たるかもしれません。今から警察に連絡します」

マスターならやりかねない。

「それこそ時効よね」

「だと思います」

「それでも一応、報告だけは」

たとえ本気だとしてもマスターのことだから話しているうちに忘れてしまうだろう。

「で、博子が実は夫の連れ子であるみはねを可愛がっていなかったって話よね」

「そうでした」

「血は繋がってないんだものね」

「だからといって……。愛する亭主の娘ですぞ」

「亭主は愛していても、その子まで愛せるとは限らないのよ」

いるかちゃんの身近にそうゆう例があるのだろうか。

「夫婦仲は冷めてたって言ったけど、その辺りに原因があるのかもしれませんね」

山内もなんだか感慨深げに呟く。

「でも、そうすると妙な事になるわね。なさぬ仲とはいえ永谷博子は娘ともうまくいっていない。亭主ともうまくいっていない」

「世間ではよくある話でして」

マスターの言うことも間違いではないだろう。

「カーラジオを聞いていると聴取者からそのような投書は山ほど聞くのでありまして」

ラジオからの情報だったか。雑誌の投稿欄やテレビのワイドショーでもよく聞くかもしれない。それと、いるかちゃんから〝なさぬ仲〟などとゆう言葉がサラリと出てくることも指摘しておきたい。さすが歌舞伎ファン。〝なさぬ仲〟は〝義理の親子〟とゆう意味だ。

ちなみに〝なさぬ〟は〝生さぬ〟と書く。つまり〝生んでない〟とゆう意味だ。

「妙な話でもないって事ね」

「へえ。そうどす」

マスターの口調が変わるのは平常運転だ。

「ここまでの話から何が判るかしら？」

「ここまでの話？」

「筒井伸治は永谷博子と結婚して永谷伸治を名乗ることになったけど実は籍は入れてない。永谷伸治の連れ子であるみはねは永谷家に出入りするようになった営業マン、多久島伊知郎と恋愛関係に陥ったけど、どうゆうわけか行方不明になってしまった。その後、多久島伊知郎は亭主持ちだった永谷博子と結婚してしまう。もちろん永谷伸治は博子と別れたのよ。籍は入ってなかったから手続きは簡単だわ。別れる前提として永谷博子は伸治とも、みはねとも仲が悪くなっていた」

瞬時にまとめる能力は討論番組の司会者などに向いているかもしれない。

「博子が多久島伊知郎を奪おうとして、みはねを殺害した可能性が浮上しますね」

山内の言葉にマスターが両手を後ろにピンと伸ばして斜めに軀を傾ける。おそらく鯨が海上に浮上する様を擬態しているのではないだろうか。少し似ている。

「義母と娘の三角関係？」

「多久島伊知郎の気持ちが博子に傾いているのなら、みはねを殺すまでもないと思いますけど」

千木良青年が異を挟む。

「傾いていなかったら？」

「多久島伊知郎の気持ちが博子とみはね、二人の間で揺れ動いていたって事ですか？」

「そう。それだったら、みはねを排除すれば多久島は博子を選ばざるをえなくなるんじゃない？」

「少なくとも博子はそう考えてみはねを殺害したって事ですか」

「うん。実際に多久島伊知郎は博子を選んでるしね」

説得力の材料になるか。

「博子と多久島伊知郎がグルって事もありますぞ」

マスターが言ったので先入観から的外れな意見だと思ったけどそうでもないか。

「なんで多久島伊知郎まで、みはねを殺す側に回るのよ」

一応はそう思う。

「多久島伊知郎が心変わりをして博子に乗り換えた。ところが、みはねは多久島伊知郎を諦めきれずストーカーと化した」

「ストーカーだったら殺すしかないか」

潔いいるかちゃん。

「ありえるかもしれませんね」

千木良青年が言った。

「え、嘘でしょ？」

マスターが自分で疑問を挟む。

「純粋な愛情から乗り換える事もあるでしょうが博子さんは資産を持っています」

「それに目が眩《くら》んで？」

「充分にあり得ると思います」

「『金色夜叉《こんじきやしゃ》』ですか」

男女逆だが。恋人関係にあった間貫一《はざまかんいち》とお宮《みや》だったが、お宮は資産家に見初められて貫一を捨てる。貫一は熱海《あたみ》の海岸でお宮を責める。

「『金色夜叉』って日本初のデートDVじゃない？」

熱海にお宮を蹴飛ばす貫一の像がある。初かどうかは判らないが。

「お金とゆうなら遺産が絡んでいるという事も考えられないですかね？」

山内が新たな説を提示する。

「将来的な話になりますが博子が自分の死後に遺産をみはねに残すのが厭だから殺したとか」

「そんな事はないわよ。博子は伸治と籍を入れてないんだから」

「あ、そうか」

「実質的な夫婦でも籍を入れてないと財産は相続できないんですか？」

千木良青年が誰にともなく訊く。

「その辺りは微妙でしてね」

植田刑事が見解を示す。

「籍を入れていないのですから、すんなりと遺産を相続できるわけではない事はたしかですが夫婦として実際に暮らしていた実態があります」

「それが？」

「相続に関しては夫婦として認定される可能性もあるのですよ」

「それ、どのくらいの可能性なの？」

「ケースバイケースでしょうね。どれくらい夫婦の実態があったのかとゆう個々の状況にも依るでしょうし」

「通い妻とか」

「そのケースは夫婦として認定されないでしょうね」

「一緒に暮らしてないもんね」

「単身赴任もありますぞ」

「同じ地域に住んでたら単身赴任認定できないでしょ」

いるかちゃんも考える。

「永谷夫妻の場合は状況を考えたら夫婦認定できるんじゃない？」

「そこに異議を唱える人はいたんでしょうかね」

「異議あり！」

マスターが唱えてもしょうがない。しかも誰に対する異議だろう。

「つまり永谷博子と筒井伸治の夫婦関係を認めたら遺産相続的に自分に不利になる……従《い》兄弟《とこ》とかそうゆう親戚は……」

「いません」

「みんないい人なんだ」

「そうではなくて相続人は誰もいないのです」

「一人も？」

「はい」

「何か匂いますな」

「マスター。ソーセージが焦げてる」

「あわわ」

マスターに料理を任せて話を進めるいるかちゃん。

「いろいろ話していても埒《らち》が明《あ》かないわね。結局、行方不明になった永谷みはねは、すでに死亡者扱い、それも殺されたんじゃないかって見解が有力なのよね。家の中で怪しい血痕を見たんだから」

話はそこに戻る。

「それなのに永谷みはねを見たとゆう目撃証言が現れた。それも信憑《しんぴょう》性の高いやつが」

「はい」

「不思議よね」

「幽霊としか考えられないところですが」

そこまで言ってマスターが周りの反応を窺《うかが》う。

「幽霊ではない」

周囲の反応を感知して発言を修正したようだ。

「むしろドッペルゲンガーが」

また周囲に目を遣る。

「疑われるところですがそれは素人《しろうと》の浅はかさ。実は、みはねには双子の姉妹がいた」

誰も反応しない。

「三つ子？」

さらに遠くなった。

「みはねさんは亡くなっていなかったのですね」

東子さんが言った。

「は？」

マスターがわざとらしく耳に手のひらを当てて東子さんに向ける。

「いま荒唐無稽な考え方が聞こえたような気がしましたが気のせいですかな？」

「単純に考えればそうなるわよね」

「そうですよ。単純に考えれば、まだ成仏していないみはねの幽霊が現れた。それしか考えられないでしょう」

最初に発言したときの空気は忘れてしまったようだ。

「死んでいなかったとは？」

千木良青年が訊く。

「判りませんか？」

一転、マスターが真顔で話を混乱させにかかる。

「墓の中で、みはねの細胞は脈々と生き続けていたのですよ」

「死んでいなかったって事は生きていたって事よね」

東子さんの発言はそれだけで真実と認定されてしまう傾向がある。

「だったらみはねは不可抗力で行方不明になっていたのか。それとも自分の意思で姿を晦ましたのか？」

「自分の意思で姿を晦ましたんでしょう」

「どうしてそう思うのよ、山ちゃん」

「だって事故だったら判るでしょう」

「そうか。交通事故だったらすぐに判るわよね」

「山で滑落したとか？」

そう言うと千木良青年は植田刑事に「みはねさんに登山の趣味はあったんですか？」と確認を取る。

「ありませんね。失踪当時にどこかの山へ出かけた情報もありません」

「事故の線はないと思っていいわね」

「だったら事件に巻きこまれたとか」

「それを警察は疑ったのよね」

植田刑事は頷いた。

「誘拐されたのか変質者に殺害されたのか……」

「結果は？」

「手がかりは摑めませんでした」

「解明できなかったのね」

「面目ない」

「でも自分の意思で姿を晦ましたのなら警察が見つけだせないのも無理ないと思うの」

「そうでしょうか」

「みはねさんは失踪当時、二十五歳だったのよね」

「そうです」

「もう立派な大人よね。自分の意思で新しい生活を選んだ。捜してもらいたくないのよ。だからひっそりと暮らしてるんだと思うわ」

「その形跡もないのです」

「え？　どうゆうこと？」

「警察は捜索願が出たので所定の手続きを踏んで捜査しました。住民票なども調べています」

「あ」

「そうです。筒井みはねという名前の住民票は、もともと住んでいた住所からどこにも転出していません」

「永谷みはねでは？」

「その名前でも、どこにも登録はありませんでした」

「じゃあ偽名で暮らしてたんでしょ」

マスターの投げやりな態度での推理にいるかちゃんは「そんな事できる？」と返す。

「住民票を作る事はできませんね、本名以外で」

「だったら届け出ずに暮らしていたとか」

「難しいですよね」

千木良青年が言う。

「部屋を借りるのにも保証人がいるし保証人引受会社に頼むような場合でも住民票の写しはいるでしょう」

「個人でやってる古い下宿屋とかは？」

「森昌子の『小雨の下宿屋』みたいな？」

ヤクドシトリオ以外だと誰も知らない歌だろう。

「万が一、それができたとして何のために？」

「動機が問題ですね」

「記憶喪失になってたとか？」

「だったら警察なり病院なりに世話になっていると思います。自分から身元を隠す動機はないでしょう」

「そうよね。やっぱり自らの意思で身を隠しているのよね」

「何か隠さなければいけない理由でもあったのかしら？」

「それだ」

マスターがパチンと指を鳴らそうとしてしくじって指を痛めて必死に右手の中指を左手で握っている。

「姿を晦まさなければならない理由……」

「それが判れば真相も判りそうな気がしますね」

「千木良くん、何か考えがあるの？」

「あります」

やはり千木良青年は真相に近づいていたのか。

「聞かせてくれる？」

「みはねは行方不明ではなかったのです」

「行方不明じゃない？」

「ええ」

「どうゆうこと？」

「現に捜索願が出されていたんですが……」

植田刑事はそう言うと目を瞑った。

「植田刑事が長考に入りました」

いるかちゃんが実況する。

「休むに似たり」

マスターが解説者の役を引き受ける。意外と息が合っている。内容は失礼だけど。

「その通りですね」

東子さんが言った。マスターが暗に〝下手の考え〟とゆう前置きを省略して言った〝休むに似たり〟とゆう言葉に対して〝その通りですね〟と言ったのだろうか？

「東子も千木良くんと同じ考えなのね」

東子さんが頷く。そっちか。

だったら千木良青年が言った〝みはねは行方不明ではない〟とゆう説は正解なのか。

「父親は、みはねの居場所を知っていたんですよ」

意を強くした千木良青年が畳みこむように言う。

「伸治が？」

東子さんが再び頷く。二人の連係プレイが悔しい。

「この二人が言ってるんなら、それが正解なのね」

誰しもがそう思う。

「千木良くん。説明してちょうだい」

「わかりました」

そう言うと千木良青年はラム酒のお代わりを注文した。

「みはねは逃れるために失踪したのです」

グラスを受けとると千木良青年は話しだした。

「そうでしょうな。みはねは博子から攻撃を受けていた。家庭内暴力という攻撃をね！」

初めて出た説だが意外と的外れな感じを受けないのは何故だろう？

「それなら家を出れば済む話です」

マスター説、一撃で粉砕。

「しかし世間には家庭内暴力、英語で言えばドメスティック・バイオレンス、略してＤＶの被害から逃れられない人たちが大勢いるのですぞ」

「たしかに幼い子が犠牲になったり妻が悲惨にも殴り殺されたりするニュースはたびたび目にします」

「ほら！」

「しかし、みはねは幼い子ではありませんし働いて収入も得ています。独立しようと思えばいつでも可能です」

「もし命の危険があるほど深刻な被害だったら家を出るわよね」

「そう思っているうちに間に合わなかったら？」

「もし痛ましくも犠牲になったのだとしたら、みはねの父親が通報しているのではないですか？　父親は博子と離婚して家を出たのですから制約はありません」

「それもそうだわ」

「判った」

マスターが言った。

「あたし、判っちゃった」

美少女名探偵の口調はやめた方がいい。

「暴力を振るっていたのは伸治。父親の伸治」

口調はやめてもらいたいが言ってることは的外れとも思えない。

「同じ事です」

千木良青年は怯まない。

「その場合は博子が通報するでしょう」

「博子もグルだったら？」

連れ子に内縁の夫が暴力の限りを尽くし、それを止められない場合もニュースで良く見聞きする。

「いずれにしろ自分で通報できるでしょう。みはねは監禁されていたわけではなくて毎日、勤めに出ていたんですから」

「実は」

植田刑事がグラスをカウンターに置く。

「聞きこみの結果から推察しますと永谷家において家庭内暴力などはなかったと断定して差し支えないかと思います」

マスター説、再び崩壊。

「近所の人も会社の人も家庭内暴力があったような雰囲気は感じていなかったのね」

「あれば普通は感じるものですな」

「傷を見た人もいませんでした」

「だったら、どうしてみはねは失踪したってゆうの？　千木良くんは〝逃れるため〟って言ったわよね？」

「そうです」

「誰から逃れるため？」

「ストーカーです」

「ストーカー？」

「はい」

「はて？　そんな人がいましたかな？」

「そうよね。新たな登場人物ね」

「いえ。すでに登場している人物です」

「工藤ちゃん……」

なんで僕なんだよ。

「誰？」

「多久島伊知郎です」

「多久島伊知郎？」

「そう考えるとすべて辻褄が合います」

「どこがどう合うってゆうのよ」

「まず多久島伊知郎が永谷家に足繁く通っていた理由です」

「ストーカー行為だったってゆうの？」

「そうです。そしてストーカーから逃れる方法は姿を晦ますしかないのです」

いるかちゃんは驚いたように口を開けた後「そうかもしれないわね」としんみりとした口調で言った。

「ストーカーは法的処置を執って解決するケースもあるけど最悪の事態までいってニュー

スになるケースも多いものね」

「みはねは姿を晦ます手段を選んだ……」

「でも多久島伊知郎はその後、博子と結婚しているわよ」

「母親が犠牲になったんですよ」

「犠牲？」

「みはねを救う方法はそれしかなかった」

「え、でも博子は、みはねと仲が悪かったのよ」

「偽装だったのではないでしょうか？」

「偽装？」

「はい。多久島伊知郎を欺くための」

「そんな……」

いるかちゃんは再び驚いた後「どうなの？　植ちゃん」と確認を取る。

「盲点でした」

植田刑事が認めた。

「多久島伊知郎がストーカーだったとは完全に盲点でした」

「継母《ままはは》による虐《いじ》めと思われていたみはねへの態度は生さぬ仲を超えた献身愛の物語だったのか」

僕は思わず言葉に出していた。山内もいるかちゃんも頷いている。千木良青年の顔が綻ぶ。

「違うと思います」

どこからか玉を転がすような声がした。奥のスツール辺りからか……。

「違う？」

「はい」

美しい声で強気の意見を吐いたのは東子さんだった。

「どう違うとゆうのですか？」

若い割には大人の礼儀を弁えている千木良青年だが質問する声に僅《わず》かだけど非難の色が含まれていると感じた。それだけ自分の意見を否定されてムッとしたのだろうか。

「そうよ東子。東子はさっき千木良くんが言った〝みはねは行方不明ではなかったのです〟って言葉と〝父親は、みはねの居場所を知っていたんですよ〟って言葉に同意してたじゃない」

そうだった。

「多久島伊知郎さんはストーカーではありません」

「スモーカー？」

それは知らないが。

「植田刑事。その辺りは？」

マスターが植田刑事の上司のような口調で訊く。

「警察はもともと多久島伊知郎をストーカーとは認識していませんでしたが……」

「そうじゃなく！」

マスターは多久島伊知郎がスモーカーかどうかを本気で知りたかったのか。他のメンバーは植田刑事の答えに満足しているのでこのまま進行。

「だったらいったい……」

「多久島伊知郎がストーカーじゃないならどうして父親はみはねの居所を知りながら口を噤《つぐ》んでいたわけ？」

「言いたくても言えないご事情がお有りだったのです」

「そうゆう事ですか」

マスターが千木良青年の口調で言った。

「みはねは失語症に陥っていたとゆうんですね？」

「母親の博子は死んでいたのです」

「ポカ〜ン」

誰もがすぐに反応できない中で反応だけは速かったマスター。

「母親は生きてますけど？」

「そうよ。それなのに死んだなんてどうゆう事なの？」

「みなさんが母親の博子さんだと思っていたのは実は博子さんではなかったのです」

「知子《ともこ》さん？」

マスターが驚愕の表情を浮かべる。その表情を初めて見た人こそ驚愕の表情を浮かべそうだ。

「もしかしたら出生届を出すときに何らかの手違いで知子が博子になってしまっていた？」

たとえそうだとしても事件の本質とはまるで関係がない。

「どうゆう事ですか？　桜川さん。僕には見当もつかない」

千木良青年がついに降参。いや逆に千木良青年の説が正解で東子さんが何らかの勘違いをしているとゆう可能性もあるか。過去には東子さんの言ったことはすべて正解だったけど今回ばかりは博子さんが死んでいるなんて突拍子がなさ過ぎる。

「永谷博子さんとして暮らしていた女性は実は永谷博子さんではなかったのです」

「じゃあ誰なのよ？」

「みはねさんです」

「ええ？」

「再びポカ〜ン」

今度はいるかちゃんの反応の方が速かった。

「これは……」

千木良青年の顔が一瞬、歪《ゆが》んだ。

「やられました」

マスターが真剣な顔で千木良青年の腹の辺りを覗きこんでいる。おおかた〝刀でやられた〟的な捉えかたをしているのだろう。

「そうゆう事だったんですね」

「はい」

二人だけで会話が成立しているのは狡《ずる》い。

「ちょっと東子。説明してよ」

いるかちゃんは正しい。

「永谷博子さんは殺されていたんですよ」

千木良青年が説明してしまった。

「生きてるじゃないの」

「それは変装した永谷みはねさんだったのです」

「ええ？」

「そうゆう事ですよね？　桜川さん」

「はい」

誰もが言葉を失った。

「永谷博子さんが実は永谷みはねさん？」

沈黙を破ったのは僕だった。東子さんは無言で頷く。せめて返事をしてもらいたかった。

「みはねが永谷博子に成りすましていたってゆうの？」

「はい」

いるかちゃんには返事をしている。

「いやいやいやややややや」

最後の方はよく判らなくなったマスター。

「そんなアホみたいなこと」

たしかにそう思える。だけど東子さんと千木良青年とゆう二大名探偵が同じ意見なのだから正解なのだろう。

「そうよ。二人は年齢がぜんぜん違うじゃないの。成りすますなんて無理よ」

いるかちゃんが東子さんや千木良青年よりもマスターを信じるとは思わなかった。

「はたしてそうでしょうか」

説明役は千木良青年から東子さんに移る。

「いくら東子さんでも今回ばかりは……。たしか二人は二十歳近く歳が離れていますからね」

山内までマスターの味方。

失踪当時、みはねさんは二十五歳。博子さんは四十二歳だった。つまり十七歳離れている。

「世の中には年齢の割に若く見える人や年齢の割に老けて見える人がいますよ」

再び千木良青年が口を挟む。

「それが？」

マスターは挟まなくていい。

「もし博子さんが若く見えて、みはねさんは大人っぽく見えるタイプだったら、その差は縮まるのでは？」

「実際にはどうだったの？　植ちゃん」

「言われてみると博子さんは近所でも若く見えると評判の美人でしたね。みはねさんは、どちらかというと大人っぽいタイプでしたし」

だからこそクラスメイトたちも長らく会っていないみはねさんを見かけてもすぐに識別できたのかもしれない。

「じゃあ二人の差は思ったよりもないわけか」

「主観、主観。裁判長。今の弁護人の発言は主観に基づくものです」

「異議を認めます」

誰だ、言ったの。

「でも顔は？」

いるかちゃんが言った。

「そうですね。顔が違うでしょう。博子さんとみはねさんは別人なんですから。血も繋がってないし」

「似てたようですね」

「あ、そうか」

いるかちゃんが何か閃《ひらめ》いたようだ。

「博子さんって伸治の好みのタイプだったのよね？　丸顔で可愛らしい」

「そうです」

「前の奥さんも同じタイプの顔」

「はい」

「だったら二人は顔も似てるかもね」

「程度は判りませんが、ある程度は似てるかと」

「だったら前の奥さんの娘であるみはねが博子と似ていても不思議じゃないわよ」

「不思議じゃないかもしれないけど実際に似ていたかどうかは……」

マスターがもっともな疑義を挟んだけどマスターの発言だから誰も聞いていないようだ。

「似ていたから実行した。そう考えると死んだと思われていたみはねが生きていた謎が解けるわよ」

たしかに。

「だからといって博子がみはねに代わったら近所の人が気づくでしょう」

「山ちゃん。二人とも近所づきあいはなかったんじゃないかしら?」

「あ」

マスターが久しぶりにまともな驚き方をした。

「人づきあいが悪くて、ほとんど出歩かないって言ってたわよね?　博子もみはねも」

そうだった。


――もともと博子は人づきあいのいいタイプじゃないんです

――娘のみはねも人づきあいが悪くて出歩くタイプじゃありませんでしたから

どちらも植田刑事の言葉だ。

「つまり二人が入れ替わっても気にする人はいない。うまくやれば気づかれずに済む」

「解決ですな」

解決はしていない。

「みはねが失踪した事にして実際には永谷博子に成りすまして永谷博子として暮らしていたのよね」

「はい」

「ガビョ〜ン」

よく判らない感嘆詞だ。

「動機がまったく判りませんね」

山内が事件について言及するのは実は珍しいのではないだろうか？

「そうよね。夫が妻を殺すだけなら判るけど」

判るんだ。

「娘まで共謀していて、しかもその後は母親に成りすますってどうゆうこと？　殺すだけでいいじゃん」

殺すだけでいいって……。理屈はそうか。

「筒井伸治さんと永谷博子さんはご夫婦とはいえ籍は入っていないと伺いました」

「それがいけないと言うんですか？」

マスターが溜息混じりに言う。誰も聞いていないと思うが。

「たしかに一昔前までは男女は入籍するのが当たり前でした。しかし夫婦別姓の問題など籍を入れたくない夫婦も増えてきているのですよ。東子さんも、もう少し最近の情勢に気を配った方がいい」

マスターは場の雰囲気に気を配った方がいい。

「そうか。遺産か」

千木良青年が呟く。東子さんが頷く。マスターが無言で胃腸薬を差しだす。

「遺産？」

「永谷博子さんは資産を持っていました。ただし筒井伸治さんとは籍を入れてなかったので博子さんが亡くなった場合はその資産を伸治さんは相続できない恐れがあります」

「そうだったわね。裁判で相続が認められる可能性もあるけど認められない可能性もある。認められなかったら一円も入らないんだから、ちょっと怖いわよね」

「ですね」

「伸治が相続できなかったら誰が相続するの？」

「親類縁者……。それがいない場合は国庫に入るんでしょうね」

マスターがニワトリの真似をしている。

「いずれにしても筒井伸治は不安でしょうね」

マスターは今度は何をするのかと思ったら落語家のような仕草をしている。おそらく笑福亭《しょうふくてい》あたりだろう。

「確実に相続するには……」

「籍を入れればいいのでは？」

「それを博子さんが頑《かたく》なに拒否したら？」

山内が考えこむ。

「殺すしかないでしょ」

本当は怖いいるかちゃん。

「でも、ただ殺しても遺産が入らない恐れは変わりませんぞ」

「だから成りすましたのです」

「資産を自分のものにするために」

いるかちゃんと千木良青年の連係プレイ。

「つまり、こうゆう事よね」

「仕切屋の阪東くんがまとめに入りますな」

揶揄されるような言われかたはされたくないだろう。それと、いるかちゃんの名字が阪東であることを久しぶりに思いだした。

「筒井伸治とみはねの父娘が共謀して永谷博子を殺した。動機は財産を確実に奪うためよ。伸治と博子は最初は好き合って結婚したけど博子は籍を入れようとしなかった。その辺りから伸治の心に博子に対する不信感が芽生えたのかもしれないわね。夫婦仲は徐々に冷めて、やがて険悪になっていった……」

険悪かどうかは知らないけど結果から推測すると険悪になっていたのかもしれない。

「博子憎しの感情が極限に達したのか……。そこに財産をもらえない恐れも加算されて伸治は博子殺しを決意する」

「娘のみはねと、みはねのカレシの多久島伊知郎も巻きこんで？」

「そう。財産を奪うためにはそれが必要だったのよ。三人は共謀して博子を殺した」

「もしかしたら殺したのは突発的な出来事だったのかもしれませんね」

千木良青年が口を挟む。

「突発的？」

「ええ。おそらく二十五年前に永谷家で植田刑事が見た血痕は博子殺害時のものでしょう」

「そうか。みはねの捜索願が出た翌日に見たんだものね」

「ええ。つまり博子は自宅で刃物で殺された。計画的だったら紐などで絞殺するような気がするのです」

「どうやって殺そうが殺す人の勝手でしょう」

怖い会話をしている。

「突発的に殺した後に泡を食って計画を練った？」

「僕はそう思います」

「いずれにしろ博子は死んで、みはねが博子に成りすました……。父親の伸治と娘のみはねは形式上は夫婦になったのよね」

「そんな状況を打開すべく博子に成りすましたみはねと伸治の夫婦はすぐに別れた」

「独り身になった博子ことみはねは多久島伊知郎と結婚した」

「みはねと多久島伊知郎はずっと切れてはいなかったのね」

「切れてないっすよ」

「筒井伸治とみはねは博子を殺害した。多久島伊知郎はそれを知った上でみはねと結婚したのかしら？」

「そうでしょう。博子に成りすましたみはねと結婚しているのですから」

「そうよね。グルだったってわけね」

「筒井伸治、みはね、多久島伊知郎……。この三人が共謀して永谷博子さんを殺害したってわけですか」

「ですね。そして筒井みはねは行方不明になって死亡認定される。そうやって自分を消したみはねは永谷博子に成りすましてその後の人生を生きている……」

「みはねは永谷博子が持っていた資産を自分のものにしたのね。そして、そのお裾分けを父親と恋人にしてあげた」

「天晴《あっぱ》れな人ですな」

殺人犯だが。

「犯罪者は裁かれなければなりません」

東子さんの淑《しと》やかな、それでいて凛とした声が店内に響く。植田刑事が頷く。おそらく植田刑事は頭の中で永谷博子殺しに関する今後の捜査の手順を検討しているのだろう。

「でも二十五年も前の話でっせ。時効が……」

「マスター。殺人罪の時効は廃止されたのよ」

「でした」

「後は証拠があるかですね」

山内が言う。

「みはねさんは美術クラブのご出身だとお伺いいたしました」

「そうでございます」

植田刑事まで敬語を使うようになった。

「手形アートで全国入賞を果たしたクラブだとも」

「そうか。手形アートは手のひらにインクをつけて紙に押すのよね。そのデータが残っていればみはねの指紋が判るかもしれないわね。それが今の博子の指紋と一致すれば」

植田刑事の顔は「なんとか調べてみましょう」と言っているように見えた。

「ご夫婦の間にどんなご事情があったのかは存じあげませんけれど無惨にも殺害された永谷博子さんがかわいそうです」

そう言うと東子さんは静かにダイキリを飲みほした。

解説

細谷正充《ほそやまさみつ》
（文芸評論家）

鯨統一郎の『テレビドラマよ永遠に 女子大生桜川東子《さくらがわはるこ》の推理』を手に取る。ページを開いて目次を見る。思わず呟いてしまった。「橋田壽賀子《はしだすがこ》アワーかよ」。その意味は後述するとして、まず作者について記しておこう。

鯨統一郎は覆面作家であり、経歴には不明な点が多い。一九九六年、第三回創元推理短編賞に応募した「邪馬台国はどこですか？」が最終選考に残るが、残念なことに受賞を逃した。しかしこの作品をシリーズ化した短篇集『邪馬台国はどこですか？』を一九九八年に文庫で刊行して、デビューを果たしたのである。以後、精力的に作品を発表して現在に至っている。

なお経歴不明な点が多いと書いたが、作者とおぼしき伊留香総一郎《いるかそういちろう》を主人公にした、半自伝的小説『努力しないで作家になる方法』及び『作家で十年いきのびる方法』により、ある程度のことは窺い知ることができる。過度に信用するのは危険だが、『作家で十年いきのびる方法』に出てくる作品名は、すべて鯨作品と同じであり、作者を知る上で大いに

参考になった。ちなみに「女子大生桜川東子の推理」シリーズに関しては、

「今年、前半の最後の月である六月にまた本が出た。七冊目となる『九つの殺人メルヘン』（光文社）だ。これは光文社の〈小説宝石〉に連載したものが纏まったものだ」

「バーで、ただ話しているだけという、デビュー作と同じ構造の小説『九つの殺人メルヘン』の評判が不思議なことによかったので続編を出すことができた。

それが四十冊目となる『浦島太郎の真相』（光文社）だ」

と書かれている。作品の好評はさらに続いたようで、結果的に「女子大生桜川東子の推理」シリーズは、全九巻の長期シリーズへと発展した。本書『テレビドラマよ永遠に 女子大生桜川東子の推理』は、その第八弾だ。二〇一九年十月に光文社から、書下ろしで刊行された。収録されているのは中篇二本。「渡る世間に殺人鬼」と「時効ですよ」だ。このタイトルはそれぞれ、テレビドラマの『渡る世間は鬼ばかり』と『時間ですよ』のパロディになっている。だからこそ、「橋田壽賀子アワーかよ」と、呟いてしまったのだ。

『渡る世間は鬼ばかり』は、テレビドラマの脚本で数々のヒットを飛ばした、橋田壽賀子作のホームドラマ。通称〝渡鬼《わたおに》〟。「橋田壽賀子ドラマ」と冠されており、橋田の人気のほどがよく分かる。一九九〇年からTBS系で放送されると絶大な支持を得て、二〇一九年

まで断続的にシリーズが制作された。

一方、『時間ですよ』には、ちょっと説明が必要だ。銭湯を舞台にしたホームドラマ『時間ですよ』は、何度か映像化されている。その中でもっとも知られているのは、一九七〇年の第一期から七三年の第三期にかけてであろう。しかし元々は単発ドラマであり、このとき脚本を担当したのが橋田である。一九六五年に連続ドラマとして放送が始まると、最初はやはり橋田が脚本を担当したが、久世光彦《くぜてるひこ》の演出に不満があり、すぐに降板したとのこと。このように『渡る世間は鬼ばかり』『時間ですよ』のどちらも、橋田壽賀子と深い関係があったのだ。もちろん作者はそのことを承知の上で、それぞれのテレビドラマのタイトルをもじった作品タイトルを付けたのである。

ただし、『渡る世間は鬼ばかり』と『時間ですよ』は、ミステリーの部分に関係していない。これは作者のテレビドラマ愛のなせる業《わざ》だろうか。周知の事実だが、作者は昭和文化が大好きらしく、なにかといえば登場人物の口を通じて語らせている。本シリーズは、特に顕著だ。舞台になっているバー〈森へ抜ける道〉のマスターと、常連の工藤《くどう》と山内《やまうち》。通称「ヤクドシトリオ」が、好き勝手に酒飲みトークを繰り広げる（第四弾『笑う忠臣蔵』から、バーのバイトとして阪東《ばんどう》いるかが加わる）。〈森へ抜ける小道〉という名前を、イギリスのミステリー作家、コリン・デクスターの『森を抜ける道』（一九九二年のCWA［英国推理作家協会］のゴールド・ダガー賞を受賞した名作）から採ったほど、バーのマスターはミステリー・ファンだ。しかしそれ以上に昭和文化が好きなのか、歌謡曲・テレビドラマ・アニメ・映画など、縦横無尽に話しまくる。工藤と山内も嫌いじゃないので、三人で喋れば連想ゲームのように、話題があっちこっちに飛びまくり収拾がつかない。いったい、いつになったら事件の話になるのかと、やきもきする読者もいるだろう。

だが、この昭和文化（だけではなく平成文化も出てくる）の話題が、実に楽しい。しかも今回はテレビドラマということで、知っているタイトルが次々に登場。NHK連続テレビ小説のタイトルと、主演女優の名前がずらりと並べられたページなど、大喜びしてしまった。また、『CSI：科学捜査班』よりも『科捜研の女』の方が、放送開始が早かったことは知らなかった。新たな事実を知ることができて、ご機嫌である。平成生まれの読者もいると思うが、簡単な説明があるので、安心して読んでほしい。

とかいいながら、説明のないギャグなどもある。たとえばボカロ（ボーカロイド）の話題になったとき、前作『銀幕のメッセージ』から登場した千木良《ちぎら》青年が、「生身の歌声で育った世代からすると少し寂しい気もしますが」というと、すかさずマスターが「愛と哀しみのボカロ」と、チャチャを入れる。このチャチャは、もちろん映画『愛と哀しみのボレロ』をもじったものだ。収録作のタイトルの件もそうだが、分かる人だけ分かればいい仕様になっている部分もある。だからこそ、読んでいて引っ掛かりを覚えたならば、ネットで検索してみることをお勧めしておきたい。

ああ、この調子で書いていると、ミステリーの部分に触れないで終わってしまう。以下、そちらに目を向けよう。

まず「渡る世間に殺人鬼」だ。冒頭であまりにも意外な事実が明らかになり、シリーズの読者を驚倒させる。このサプライズを十全に味わうためには、シリーズを最初からきちんと読む必要がある。

ただし肝心の事件は、そのサプライズと関係しているわけではない。第六弾『ベルサイユの秘密』から登場した植田《うえだ》刑事が〈森へ抜ける道〉で飲んでいると、スマホに連絡が入る。二十三人を殺していると目されている殺人鬼の山崎《やまざき》が逃亡したのだ。しかも状況は不可解きわまりない。尾行していた刑事が、山崎が飛行機に乗ったことを確認。だが到着した飛行機から、山崎は消失していたのだ。この謎を巡って、いつものメンバーが脱線こみで侃々諤々《かんかんがくがく》とやっているうち、千木良青年が真相を明らかにする。しかしそこで名探偵役の桜川東子が口を出し、新たな真相を提示するのだ。

飛行機の中での人間消失の真相は、読んでのお楽しみ。感心したのは、ヤクドシトリオたちの話を通じて、消失方法を検証し、幾つもの可能性を潰している点だ。この手の不可能犯罪は、他に方法がないと読者が納得することで、トリックが輝く。それを作者は飄々と実行しているのだ。鯨統一郎、当たり前ではあるが、ミステリーのことを熟知した作家である。

続く「時効ですよ」は、珍しく最初に東子が事件のことを口にする。二十五年前に起きた、資産家の二十五歳になるお嬢さんが失踪した件だ。当時、交番勤務の制服警官だった植田刑事は、巡回パトロールで家庭訪問をしたとき、資産家の家で日にちの経った血痕を目撃している。さらに最近になって、お嬢さんを目撃したという、高校の元同級生たちの証言を得た。二十五年前に、いったい何が起きたのか。例によって、あちこちに飛ぶ話をしているうちに千木良青年が真相に到達……と思ったら、やはり間違いで東子が真相を喝破する。二段構えになった謎ときも、本書の読みどころだろう。

もちろん失踪事件の真相は、意外なものである。ラストで示される手掛かりも、巧みに伏線が張ってあり、ミステリーの面白さを堪能した。読みごたえのある作品だ。

さて本書の次は、いよいよ完結篇となる第九弾『三つのアリバイ』である。シリーズ初の長篇だ。実は第一弾『九つの殺人メルヘン』から一巻ごとに収録作品が一つ減っていくという趣向があり、だからラストが一話だけの長篇になるのである。

この他にも本シリーズには趣向があるが、『三つのアリバイ』のラストの衝撃と共に、理解する方がいい。最初からここまで考えていたのなら、作者の発想と思考に絶句するしかない。『作家で十年いきのびる方法』の中で伊留香総一郎は、

「僕の戦いは業界で生き残ることじゃない。書きたいものを書いて生き残ることだ」

といっている。この言葉は、作者の生《なま》の叫びだろう。その信念を貫いて書き継がれた作品の一つが、「女子大生桜川東子の推理」シリーズなのである。

＊本書を執筆するにあたり、多くの書籍、および新聞、雑誌、インターネット上の記事など多数、参考にさせていただきました。執筆されたかたがたにお礼申しあげます。ありがとうございました。

＊この作品は架空の物語です。

二〇一九年十月　光文社刊

光文社文庫

テレビドラマよ永《えい》遠《えん》に　女《じょ》子《し》大《だい》生《せい》桜《さくら》川《がわ》東《はる》子《こ》の推《すい》理《り》
著　者　　鯨《くじら》　統《とう》　一《いち》　郎《ろう》

2023年1月20日　初版1刷発行

発行者　三　宅　貴　久
印　刷　新　藤　慶　昌　堂
製　本　ナショナル製本

発行所　株式会社　光　文　社
〒112-8011　東京都文京区音羽1-16-6
電話（03）5395-8149　編　集　部
8116　書籍販売部
8125　業　務　部

ISBN978-4-334-79480-4　Printed in Japan

JASRAC　出 2209666-201　　組版　萩原印刷